KB121942

로크미디어가
유혹하는
재미있는 세상

ROK
MEDIA
로크미디어

Taming Master

테이밍 마스터

테이밍 마스터 24

2018년 2월 14일 초판 1쇄 인쇄
2018년 2월 21일 초판 1쇄 발행

지은이 박태석
발행인 이종주

기획 팀 이기헌 왕소현 박경무 이승제
책임 편집 최이슬

발행처 (주)로크미디어
출판등록 2003년 3월 24일
주소 서울시 마포구 성암로 330 DMC첨단산업센터 3층 314호
Tel (02)3273-5135 **Fax** (02)3273-5134
홈페이지 rokmedia.com **E-mail** rokmedia@empas.com

© 박태석, 2016

값 8,000원

ISBN 979-11-294-4529-2 (24권)
ISBN 979-11-5960-986-2 04810 (세트)

24

Taming Master

| 박태석 게임 판타지 장편소설 |

테이밍마스터

ROK
MEDIA
로크미디어

CONTENTS

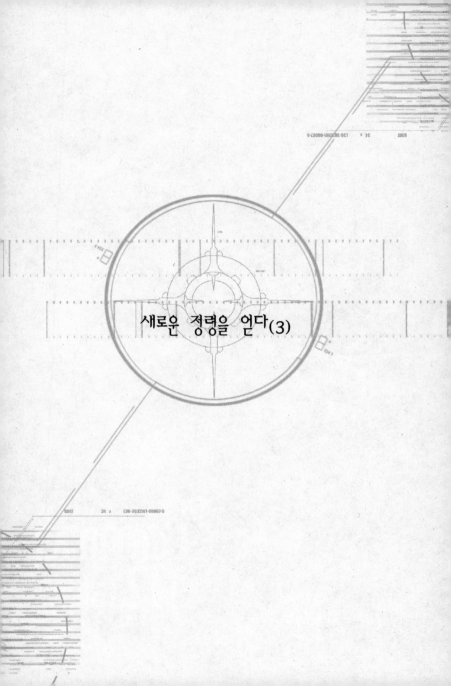

새로운 정령을 얻다(3)

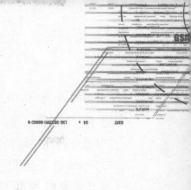

"체스크, 엄호사격 좀 부탁해!"

"이니스코, 후방 몬스터 접근 좀 막아 줘!"

돌풍의 협곡 던전의 북쪽 통로.

제단으로 가는 길 끝자락에, 세 사람이 땀을 뻘뻘 흘리며 전투를 이어 가고 있었다.

그리고 수없이 많은 심연의 정령들이 그들을 둘러싼 채 공격을 퍼부었다.

"으으, 조금만 더 버텨 봐!"

"랄프 형, 그냥 차근차근 처치하면서 진입하는 게 낫지 않아? 무리해서 들어가다간 어그로 쏠려서 위험할 수도 있다고!"

"오더에 토 달지 마, 이니스코. 어차피 제단에 도착하기만 하면 끝이잖아!"

"알겠……어, 형. 하지만 앞으로 3분 이상은 무리야!"

"그 정도면 충분해!"

사실 돌풍의 협곡 던전은 크게 넓은 맵이 아니었고, 때문에 구슬을 찾은 세 번째 동굴에서 제단까지의 거리도 크게 길지는 않았다.

하지만 이 구간이 던전 클리어를 위한 마지막 관문이다 보니, 등장하는 몬스터들의 숫자와 난이도는 가장 하드할 수밖에 없었다.

때문에 정석적인 공략법은 몬스터들을 하나하나 처치하며 진입하는 것이었다.

그대로 제단을 향해 달리다 보면 너무 많은 정령들에게 둘러싸이게 되니까.

바로 지금, 랄프의 일행처럼 말이다.

콰쾅- 쾅-!

수많은 보랏빛의 탄환들이 쏟아져 내리며 강렬한 폭발음이 울려 퍼졌다..

이어서 이니스코의 눈앞에 시스템 메시지가 떠올랐다.

띠링-!

-소환수 '린키스'가 치명적인 피해를 입었습니다!

-소환수 '린키스'의 생명력이 1,029만큼 감소합니다!

─소환수 '린키스'가 치명적인 피해를 입었습니다!

'린키스'는 거대한 콩벌레의 형상을 한 전설 등급의 소환수이다.

적들을 도발하여 어그로를 끌고 몸을 돌돌 말아 단단한 외피로 적들의 공격을 막아 내는, 상위 티어의 탱킹형 소환수들 중에서도 손가락에 꼽히는 강력한 소환수이자, 이니스코가 가진 소환수들 중 가장 탱킹 능력이 좋은 소환수.

하지만 이 녀석조차 결국 강력한 심연의 정령들의 집중포격을 견뎌 내지 못하였다.

'린키스'의 생명력이 결국 생명력이 다하고 만 것이다.

띠링─!

─소환수 '린키스'의 생명력이 전부 소진되었습니다.

─'린키스'가 소환 해제됩니다.

"젠장."

이니스코의 입에서 욕지거리가 흘러나왔다.

무리하지 않고 천천히 전진했다면 린키스를 잃지 않아도 됐을 것이니까.

물론 랄프의 오더를 이해하지 못하는 것은 아니었다.

그들이 제단에 도착하기 전에 '괴물' 녀석이 깨어난다면, 그래서 이안 일행을 몰살시키고 제단을 향해 뛰쳐나온다면.

기껏 설계해 놓은 계획이 전부 수포로 돌아가게 될 테니 말이다.

하지만 그것과 별개로, 너무 자기중심적인 오더를 내리는 랄프가 고까운 것은 어쩔 수 없었다.

"랄프 형, 이제 더 이상은 무리야!"

"다 됐어! 이제 진짜 20초!"

쾅아아아-!

랄프의 대검이 붉은빛으로 물들며, 전방을 향해 사나운 폭염을 쏟아 냈다.

그리고 폭염이 터져 나간 자리에 널찍한 길이 뚫렸다.

자리에 있던 몬스터들이 전부 죽은 것은 아니었지만, 넉백 효과로 인해 양쪽으로 쭉 밀려 나간 것이다.

검을 회수한 랄프는 지체없이 그 안으로 뛰어들었다.

이제 제단은 정말 손만 뻗으면 닿을 거리에 있었고, 그것은 곧 퀘스트 클리어를 의미하는 것이었으니 말이다.

타탓-!

"으아아아!"

기합성을 내지름과 동시에, 젖 먹던 힘까지 다하여 전방으로 도약하는 랄프.

그런데 그때, 랄프 일행의 눈앞에 생각지도 못했던 시스템 메시지들이 떠올랐다.

-조건이 충족되었습니다.

-지형 변화로 인해 일부 파티원들과 연결이 끊어집니다.

-파티가 해체되어 재구성되었습니다.

-현재 파티원 : 랄프, 체스크, 이니스코.

그리고 그 메시지를 확인한 체스크와 이니스코는 동시에 눈이 휘둥그레졌다.

"어?"

"뭐야? 파티가 왜 쪼개진 거야?"

하지만 빠르게 머리를 굴린 랄프는 기분 좋은 표정을 지으며 씨익 웃어 보였다.

"바보들아, 상황 파악 안 되냐?"

"응?"

"그게 무슨 말이야 형?"

어느새 제단의 앞에 도착한 랄프는 입꼬리를 말아 올리며 인벤토리에서 구슬을 꺼내어 들었다.

그리고 이니스코와 체스크를 향해 다시 입을 열었다.

"파티가 왜 끊어졌겠어?"

"⋯⋯!"

"멍청한 놈들이 철문을 부숴서, 동굴 안쪽에 갇힌 거겠지."

"아, 그래서⋯⋯?"

그제야 상황이 이해된 두 사람은 동시에 고개를 주억거렸다.

그리고 표정이 밝아졌다.

이안 일행이 '괴물'과 함께 동굴에 갇혔다면, 더 긴 시간을 벌 수 있는 것이니 말이다.

랄프는 피식 웃으며, 손에 든 구슬을 제단에 끼워 넣었다.

그러자 그 즉시, 제단에 푸른 빛이 휘감기기 시작했다.

우우웅ㅡ!

랄프와 체스크 그리고 이니스코는 그 광경을 흡족한 표정으로 지켜보았다.

이제는 더 이상 전투를 할 필요도 없었다.

제단이 작동하는 순간, 그들을 둘러싸고 있던 모든 몬스터들은 전멸해 버릴 테니 말이다.

쿠쿵ㅡ 쿠쿠쿠쿵ㅡ!

커다란 진동음이 울려 퍼짐과 동시에 제단에서 푸른 빛줄기들이 사방으로 뿜어져 나왔다.

이어서 그것들은 수많은 몬스터들을 향해 쏘아지기 시작했다.

펑ㅡ 퍼퍼펑ㅡ!

그리고 시원스런 소리와 함께 마치 폭죽 터져 나가듯 동시에 몬스터들이 소멸되었다.

제단이 작동하면서 심연의 계곡이 정화된 것이다.

"됐어! 해냈다고!"

랄프는 주먹을 불끈 쥐며 '괴물'이 갇혀 있을 동굴을 슬쩍 응시해 보았다.

사실 구슬을 제단에 끼워 넣는 것까지는 이전 트라이에서도 성공한 적이 있었다.

다만 그럼에도 불구하고 퀘스트 클리어에 실패했던 이유는, 제단이 작동함과 동시에 '괴물' 녀석이 뛰쳐나와서 구슬을 파괴해 버렸기 때문이었다.

계곡의 정화가 전부 끝나기 전에 구슬이 파괴되면 마지막 게이트가 활성화되지 않는다.

다시 말해, '정령의 성소'로 갈 수 있는 길이 열리지 않는다는 말이다.

그래서 랄프는 제단을 작동시켰음에도 불구하고 아직까지 안심할 수 없었다.

지금 당장이라도 괴물 녀석이 동굴을 부수고 바깥으로 뛰쳐나온다면 퀘스트에 실패할 수도 있으니까.

게이트가 활성화됐다는 메시지가 뜨기 전까지는 결코 끝난 게 아니니까.

'제발, 안에서 나오지 말아 줘!'

마치 약속이라도 한 듯, 세 사람의 시선은 동굴의 입구에 고정되어 있었다.

괴물이 뛰쳐나오지 않기를 바라는 한결같은 마음을 가지고 말이다.

그리고 그들의 소망(?)은 이뤄지는 듯했다.

10초, 20초, 아니, 1분이 지나도록.

괴물은 나타나지 않았으니 말이다.

하지만 세 사람은, 결코 기뻐할 수 없었다.

"……?"

"이게 뭐야?"

"아니, 뭐 이런 경우가 다 있어?"

괴물은 나타나지 않았지만, 정령의 성소로 가는 게이트도 활성화되지 않았기 때문이었다.

다만 그들의 눈앞에는, 지금껏 한 번도 보지 못했던 종류의 메시지가 떠올라 있었다.

그리고 그 메시지들을 확인한 세 사람은 현실을 부정하고 싶은 마음뿐이었다.

－'심연의 보주'가 활성화됩니다.

－조건이 충족되었습니다.

－심연의 계곡이 정화되기 시작합니다.

－정화율 10…… 25…… 70, 80, 85, 90퍼센트.

－계곡의 일부 지역이 알 수 없는 힘에 의해 단절되어 있습니다.

－심연의 계곡 정화에 실패하였습니다.

－모든 조건을 충족시킨 후, 제단을 다시 작동시켜야 합니다.

우우웅―!

낮은 공명음과 함께, 격렬하던 제단의 진동이 잦아들기 시작했다.

그리고 제단의 주변을 둘러싸고 있던 푸른 기운들도 어디론가 소멸해 버렸다.

"아, 안 돼……."

힘없이 울려 퍼지는 체스크의 탄식.

이어서 세 사람의 눈앞에, 한 줄의 시스템 메시지가 추가로 떠올랐다.

－정화에 실패하여, 오염된 정령들이 다시 생성됩니다.

막다른 길에 선 세 사람의 앞에 심연의 정령들이 다시 젠되기 시작하였다.

그륵— 그그그극—!

듣기 거북한 쇳소리와 함께, 거대한 괴물 한 마리가 이안 일행의 앞을 막아섰다.

쿠웅—!

좀 더 구체적으로 표현하자면, '괴물'이라기보단 거대한 고철덩어리라는 표현이 더욱 어울리는 녀석이었다.

'뭐 이런 놈이 다 있어? 우리 토르보다도 더 크잖아?'

'기계 파수꾼'이라는 그 이름에 걸맞게, 녀석은 수많은 기계와 부품들로 만들어진 복잡한 외형을 가지고 있었다.

그리고 그 모습을 감상하며, 이안은 진심으로 감탄하였다.

'크, 멋지다! 이런 기계식 외형을 가진 소환수도 하나쯤 갖고 싶은걸?'

하지만 이안의 상념은 오래갈 수 없었다.

그의 옆에 있던 뮤엘이 멍한 표정으로 탄식을 내뱉었기 때문이었다.

"이제 다 끝났어요……."

"네?"

"이안 님이 철문을 박살 내신 덕분에, 우리 전부 전멸하게 생겼다고요."

"음……?"

절망적인 표정으로, 고개를 절레절레 젓는 뮤엘.

하지만 이안은 그녀의 말을 이해할 수 없었다.

애초에 그녀와 사고의 방향이 달랐기 때문이었다.

"그게 무슨 말이에요. 우리가 왜 전멸해요?"

"……?"

"방금 퀘스트 창에서 우리가 전멸할 거란 문구는 못 본 것 같은데."

"에엑?"

아직 잠에서 덜 깼는지 커다랗게 기지개를 켜는 기계파수꾼을 가리키며, 이안이 다시 말을 이었다.

"저기 저 녀석. 쟤만 잡으면 여기 나갈 수 있는 거 아니에요?"

"그, 그야 그렇겠죠?"

"그럼 이제부터 저 고철덩어리 한번 잡아 보자고요."

뮤엘을 향해 씨익 웃어 보인 이안은 정령왕의 심판을 번쩍 치켜들어 보였다.

그리고 그런 이안을 응시한 뮤엘은, 고개를 절레절레 저었다.

'뭐, 자신감 넘치는 건 보기 좋네…….'

이전에도 언급했지만, 뮤엘은 이안의 실력을 인정하고 있었다.

지금까지 뮤엘이 보아 왔던, 그 어떤 랭커와 비교해도 꿇리지 않는다고 말이다.

하지만 그렇다고 해서, 이안이 저 괴물을 처치할 수 있을 것이라는 생각은 요만큼도 하지 않았다.

'저 괴물은 처치하라고 만들어 놓은 몬스터가 아니니까…….'

지금 그들의 눈앞에 있는 '기계파수꾼'은 그저 강력하기만 한 몬스터가 아니다.

생명력부터 시작해서 모든 전투 능력이 엄청난 것은 물론, 그보다 더 괴랄한 '속성'을 가진 녀석이기 때문이었다.

'대체 초월 생명력이 십만 단위인 시온 속성 보스 몬스터를 어떻게 때려잡겠냐고…….'

'시온'이라는 속성은, 정령계에서 최초로 등장한 속성이었다.

그리고 이 속성을 가진 몬스터들의 특징은 어마어마한 생명력 회복 속도를 갖는다는 것이었다.

시온 속성의 일반 정령도 점사를 해야 겨우 처치가 가능한데, 그 십수 배가 넘는 생명력을 가진 보스 몬스터를 처치할 수 있을 리 없는 것이다.

　랄프 일행이 극딜을 넣었을 때도 결코 생명력이 절반 이하로 떨어지지 않았던 기계파수꾼.

　아무리 이안의 실력이 뛰어나다 하더라도, 이 녀석을 처치하는 건 불가능할 것이라 생각했다.

　'뭐, 랄프 일행까지 전부 와서 풀 파티로 덤비면 절반 정도의 승산은 생기려나?'

　만약 이안 일행의 실력이 이 정도인 줄 진즉 알았더라면, 랄프 일행과 함께 기계파수꾼을 공략해 볼 생각도 했었을 것이다.

　하지만 그것은 이미 의미 없는 가정.

　실없는 생각이라 생각한 뮤엘은, 다시 한 번 고개를 절레절레 흔들었다.

　이어서 이안의 뒤에 자리 잡고, 곧 시작될 전투를 준비했다.

　승산이 없는 싸움이라 하더라도, 최소한 자신 때문에 전멸했다는 소리를 듣고 싶진 않았으니 말이다.

　-그극 그그극-. 나의…… 잠을 깨우다니……. 겁을 상실한 인간들이로구나…….

　쿵-!

　앞발을 내디딘 기계파수꾼이, 이안의 앞으로 다가서며 포효했다.

-키아아아오-!

이어서 다음 순간.

기계파수꾼의 몸통에서 새하얀 빛이 뿜어져 나오기 시작했다.

그것은 지금껏 던전 안에서 전투를 거듭한 이안 일행에게, 무척이나 익숙한 이펙트였다.

"시온Zion……!"

바네사의 입에서, 작은 탄식이 새어 나왔다.

던전의 오염된 정령들 중 가장 상대하기 까다로운 속성이었던 시온 속성.

시온 속성만의 특징이라 할 수 있는 새하얗고 뿌연 기운이 기계파수꾼에게서 나타났기 때문이다.

하지만 한편으로는 전혀 다른 반응을 보이는 인물도 존재했다.

"시온 속성이라……. 이거 재밌는데?"

그리고 그 말을 들은 뮤엘은 더욱 당황스러웠다.

파수꾼이 시온 속성인 것을 깨달았음에도 이안이 전혀 위축되지 않았기 때문이었다.

심지어 위축되기는커녕, 놀라는 모습조차 보이지 않았던 것이다.

'대체 무슨 자신감이지?'

그러나 그녀의 당황은 거기서 끝이 아니었다.

이안과 쌍둥이 자매가 이해할 수 없는 대화를 시작했기 때문이었다.

"이거, 이제는 진짜 어쩔 수 없겠어."

이안의 말에 바네사가 어깨를 으쓱했다.

"그래, 이안. 여기서 전멸당할 수는 없잖아?"

가만히 있던 사라도 거들기 시작했다.

"사실 지금까지 숨긴 것만 해도 기적이야."

"맞아. 말도 안 되는 기사 클래스 코스프레라니……."

"근데 진짜 소름 돋는 건 뭔 줄 알아, 바네사? 진실을 아는 사람이 봐도 위화감이 없다는 거야……."

"맞아, 언니. 더해서 하나 확실한 건, 지금 상황이 정상적인 상황은 아니라는 거지."

그들의 대화를 이해할 턱이 없는 뮤엘은 멀뚱한 표정으로 세 사람을 번갈아 응시했다.

그런데 바로 그때였다.

우우웅-!

이안의 주변에 익숙한 이펙트가 연달아 떠올랐다.

오직 소환술사만이 보여 줄 수 있는 '소환' 스킬의 발동 이펙트.

이어서 이안의 주변으로 수많은 소환수들이 소환되기 시작했다.

"이게 무슨……!"

그리고 뮤엘은 한동안 입을 다물지 못했다.

'A+'라는 퀘스트의 난이도.

이건 그야말로, 말도 안 되게 높은 난이도 등급이다.

물론 트리플 S등급의 퀘스트도 여러 번 클리어해 본 이안이었지만, 이 A+라는 수치는 경우가 달랐기 때문이었다.

'중간계에서 벌써 A+난이도가 뜨다니…….'

쉽게 말하자면, 이 A+라는 난이도는 초월 난이도인 것.

때문에 이안은 충분히 긴장하고 있었다.

그리고 무척이나 신중하게 전략을 구상했다.

'일단 제한 시간은 없으니까 최대한 안전하게 공략해야 돼.'

돌풍의 협곡은, 특정 속성의 몬스터에게 제법 많은 전투스 텟 보너스를 주는 특수한 맵이다.

그리고 그것이, 이 던전의 난이도가 높은 가장 큰 이유 중에 하나였다.

전투 스텟 보너스를 주는 대상이 바로 어비스 속성과 시온속성이었고, 던전에 등장하는 몬스터들의 전부가 해당 속성의 정령이었으니 말이다.

때문에 던전 내 일반 몬스터들이 최하급과 하급으로만 구성되어 있음에도 불구하고, 실제 체감하는 것은 최소 중급 정령들처럼 느껴졌다.

그긍─ 그그긍─!

기계파수꾼이 기괴한 소리를 뿜어내며 이안 일행을 향해 달려들었다.

─갈기갈기…… 찢어 주마…….

그리고 그 모습은 마치 거대한 킹콩을 연상케 하였다.

좀 더 정확히 얘기하자면, 킹콩의 형상을 한 기계로봇 같은 느낌이랄까.

'겉으로 보기에는 서리동굴 마지막 관문에서 상대했던 상급 정령이랑 비슷한 수준인데……. 속성 버프를 받고 있으니, 그 이상이라 봐야겠지?'

집채 만 한 주먹을 번쩍 치켜 든 기계파수꾼이 이안을 향해 있는 힘껏 내리쳤다.

콰앙─!

그러자 동굴 바닥에 마치 운석이라도 떨어진 것처럼, 거대한 구덩이가 생겨났다.

타탓─!

그것을 가볍게 피해 낸 이안이 빠르게 오더를 내리기 시작했다.

"바네사, 사라와 뮤엘 님을 보호하는 방향으로 소환수 운용해 줘."

"알겠어, 이안!"

"사라는 이속 디버프 좀 부탁해!"

"오케이!"

쿠구구궁-!

외부와 완벽히 차단되며 보스 룸Boss Room처럼 만들어진 동굴의 내부.

그 안에서, 수많은 유닛들이 일사불란하게 움직이고 있었다.

파티원이야 이안을 포함해 총 넷뿐이었지만, 이안과 바네사의 소환수들을 전부 합하자 풀 파티 수준으로 북적이는 것이다.

빠르게 대형을 갖추며 움직이는 이안의 소환수들을 보며, 바네사는 혀를 내둘렀다.

'대체 저렇게 많은 소환수들을 어떻게 통제하는 거지?'

일반적인 소환술사들은 소환수를 그렇게 많이 운용하지 않는다.

보통 셋에서 넷 정도의 소환수를 운용하는 소환술사들이 가장 많았고, 초보 소환술사들의 경우 둘 정도만 되어도 컨트롤하는 데에 어려움을 많이 느낀다.

그리고 바네사의 경우는 일곱 정도를 운용한다.

'나는 일곱 정도가 딱 좋던데…….'

물론 바네사 또한 훨씬 많은 소환수들을 보유하고 있었다.

하지만 통솔력 제한도 제한이고, 너무 많은 소환수를 운용하면 최고 효율의 컨트롤을 하기가 힘들었다.

바네사의 피지컬이 독보적인 수준이기는 하지만, 멀티태스킹 능력은 또 다른 영역이었던 것이다.

때문에 바네사가 실질적으로 전투에 운용하는 소환수들의 스펙은 신화 등급 둘에 전설 등급 셋, 영웅 등급 둘 정도이다.

그리고 그중에서도, 대지의 신룡인 코르투스가 그녀의 주력 소환수라고 할 수 있었다.

하지만 이안은 어떠한가?

먼저 신화등급부터 나열해 보자.

지금 전장에 등장한 소환수만 하여도 카르세우스에 뿍뿍이, 엘카릭스에 토르까지.

총 넷이나 된다.

심지어 거기서 끝이 아니다.

이 자리에는 없지만, 잠재력 때문에 조련소에서 훈련 중인 까망이까지 합하면 총 다섯이다.

신화 등급만 해도 이미 다섯 마리나 되는 것.

거기에 전설 등급의 소환수는 그보다 더 많이 보유하고 있다.

가장 처음 이안의 식구가 된 라이와 아직까지도 탱커로서 훌륭히 역할을 수행 중인 빡빡이.

기동성만큼은 최강인 할리와 유틸성 좋은 광역 딜러인 핀.

탈 전설 등급의 공격력을 가진 마수 크르르에 최고의 서포팅형 딜러인 전설의 신수 닉까지.

심지어 크르르의 경우 '진화 가능' 개체이다.

잠재력은 당연히 만땅이었으니, 언제든 조건만 충족되면 신화 등급이 될 수 있는 녀석인 것이다.

평범한 상위권 소환술사들은 아마 이안의 소환수들 중 하나만 있어도 단숨에 최상위권으로 치고 올라올 수 있을 게 분명했다.

'이안은 대체 통솔력이 몇일까?'

이안이 소환한 소환수의 면면을 살펴보던 바네사가 다시 한 번 고개를 절레절레 저었다.

물론 그녀는 이안이 운용하는 소환수들의 등급을 구체적으로 알지는 못한다.

하지만 대충 보아도 영웅 등급 이하인 소환수가 없다는 것 정도는 알 수 있었다.

그야말로 비현실적인 전력이라 할 수 있었다.

아마 이안이 자신을 GM이라고 소개했더라도, 쌍둥이 자매는 아무런 의심 없이 믿었을 것이다.

"할리! 바람의 축복!"

크릉 크릉-!

할리의 등에 올라탄 이안이 바람처럼 움직이며 기계파수

꾼을 향해 달려들었다.

그리고 그 뒤를, 라이와 핀이 따라붙었다.

끼아아오-!

크르릉-!

하지만 그 셋을 제외한 나머지 소환수들은 슬쩍 뒤쪽으로 물러나며 진영을 구축했다.

심지어 탱커인 빡빡이까지도 말이다.

그리고 그 모습을 확인한 바네사는 의아한 표정이 되었다.

"음……?"

이안의 오더로 인해 바네사의 소환수도 전부 후방으로 빠졌기 때문이었다.

그 말인 즉, 전장의 최전방에 탱커가 하나도 없다는 얘기였다.

'다 피하면서 싸우겠다는 건가?'

이론적으로야 가능할 수도 있다.

하지만 모든 공격을 피해 내며 딜을 넣을 수 있다면, 탱커는 존재 의미가 사라진다.

그리고 이안 또한, 그런 의도로 움직이고 있는 것은 아니었다.

쐐애액-!

이안의 손에 들려 있던 정령왕의 심판이, 황금빛 전격을 머금은 채 기계파수꾼을 향해 쇄도했다.

그리고 그것은, 정확히 기계파수꾼의 이마에 틀어박혔다.

쾅-!

-'기계파수꾼'에게 치명적인 피해를 입혔습니다!

-'기계파수꾼'의 생명력이 587만큼 감소합니다!

스킬 계수가 섞이지 않은 공격 치고는 제법 강력한 대미지가 틀어박혔다.

하지만 기계파수꾼의 막대한 생명력과 회복력을 생각하면, 사실상 간지러운 수준.

우우웅-!

시온의 기운이 파수꾼의 전신을 한 번 감싸더니 눈곱만큼 떨어졌던 생명력이 다시 원래대로 복구되었다.

-그그긍- 가소로운 놈-!

분노한 기계파수꾼이, 던전의 중앙에서 허공을 향해 포효하기 시작하였다.

그러자 새하얀 기의 파동이 사방으로 퍼져 나갔다.

위잉- 위이잉-!

그리고 그것은, 피할 수 없는 종류의 디버프였다.

-'기계파수꾼'이 '파수꾼의 함성' 고유 능력을 발동하였습니다.

-30초 동안 이동속도가 20퍼센트만큼 감소합니다.

-30초 동안 방어력이 10퍼센트만큼 감소합니다.

-90초 동안 모든 공격스킬을 사용할 수 없습니다.

-5초 동안 '공포' 상태에 빠집니다.

─저항하였습니다.

빠르게 시스템 메시지를 스캔한 이안이 소환수들의 상태를 체크하였다.

디버프의 범위 내에 있었던 소환수는 총 셋.

그리고 그중 둘은 공포 상태에 저항하지 못하고 빠져들었다.

이안은 재빨리 공포 상태가 된 라이와 핀을 가리키며 뮤엘을 향해 오더하였다.

"뮤엘 님, 핀이랑 라이!"

"넵!"

구체적으로 얘기하지는 않았지만, 이안의 오더는 핀과 라이에게 '해제' 스킬을 사용해 달라는 것이었다.

사제 클래스만의 고유 능력인 '해제' 스킬이 발동하면, 곧바로 상태 이상이 해제되기 때문이다.

그리고 뮤엘쯤 되는 사제가 그 말을 이해하지 못했을 리 없었다.

이안의 오더를 기다리고 있던 뮤엘의 지팡이에서, 하얀 빛이 뿜어져 나왔다.

그와 동시에, 핀과 라이의 상태 이상이 바로 회복되었다.

공포의 지속 시간은 5초였지만, 2초도 채 지나기 전에 상태 이상이 풀려 버린 것이다.

그리고 그 사이, 기계파수꾼에게 다가간 이안이 연신 창검을 내리쳤다.

서머너 나이트의 고유 능력을 이용해 정령왕의 심판을 컨트롤하면서, 어느새 꺼내 든 블러디 리벤지를 휘두른 것이다.

콰쾅- 쾅-!

-'기계파수꾼'에게 치명적인 피해를 입혔습니다!

-'기계파수꾼'의 생명력이 295만큼 감소합니다!

-'기계파수꾼'의 생명력이 177만큼 감소합니다!

둔탁한 소리가 울려 퍼졌지만, 역시나 피해는 그리 크지 않았다.

그리고 메시지를 확인한 이안의 미간이 살짝 좁아졌다.

'어차피 피해를 입히기 위한 공격은 아니었지만…….'

바이탈리티 웨폰을 이용한 공격이, 생각보다 대미지가 잘 안 나왔기 때문이다.

정확히는 대미지가 안 나온다기보다, 뜻대로 완벽하게 움직여 주지 않는다는 표현이 옳았다.

방금 이안이 의도한 대로 정령왕의 심판이 정확히 움직였다면, 더 큰 피해를 입힐 수 있었을 테니 말이다.

'연습 부족인가…….'

이안은 속으로 투덜대며, 할리를 컨트롤하여 이동 경로를 확 틀어 돌렸다.

충분히 깔짝거렸으니, 기계파수꾼의 공격이 이어질 타이밍이었으니까.

-크롸롸롸. 쥐새끼, 같은…… 노옴!

부자연스러운 기계음으로 포효한 기계파수꾼이 몸을 번쩍 일으키더니 가슴을 쿵쾅거린다.

그러자 그의 등짝에 돋아 있던 수많은 뾰족한 돌기들이, 사방으로 발사되기 시작하였다.

쐐액- 쐐애액-!

던전 전체를 뒤덮으며 퍼져 나가는, 어마어마한 양의 뾰족한 쇳덩이들.

그것을 발견한 뮤엘은 마른침을 꿀꺽 삼켰다.

'그래, 이거였어. 이거 한 방에 전부 다 빈사상태가 되었었지.'

피할 수 없을 정도로 촘촘히 발사되는 무쇠 탄환들은, 이 괴물 녀석의 고유 능력 중 가장 위험한 것이었다.

때문에 뮤엘은, 반사적으로 광역 실드를 발동시켰다.

이안의 오더가 없었으나, 실드 없이는 전원 전멸할 상황이었기 때문이다.

우우웅-!

하지만 그것은 뮤엘의 착각일 뿐이었다.

끼요오오-!

어디선가 나타난 한 마리 아름다운 피닉스가 찬란한 황금빛을 뿜어내며, 전장에 퍼지는 쇳덩이들을 싸그리 지워 버리고 있었으니 말이다.

처음 보는 보스 몬스터를 상대할 땐, 녀석의 공격 패턴을 전부 파악하는 게 무조건 선행되어야 한다.

　그리고 그 과정에서 최소한의 피해를 입는 것이 가장 중요하다.

　-겁쟁이 녀석들, 도망치지…… 마라!

　이안이 처음에 기동성 위주의 소환수들만을 운용하여 접근한 이유도 바로 여기에 있었다.

　탱커를 뒤로 뺀 이유가 모든 공격을 피할 수 있다는 자신감에서 나온 게 아니라는 이야기다.

　아무리 이안이라 하여도 모든 공격을 피하면서 보스 몬스터를 공략하는 것은 무리가 있다.

　어떤 변수가 발생할지 모르는 마당에는 더더욱 그러하다.

　하지만 적에게 공격한다는 생각을 버리고 '회피'만을 목적으로 움직인다면, 얘기가 또 다르다.

　공격을 도외시한 채 보스의 움직임에만 집중한다면, 거의 100퍼센트에 가깝게 피해 낼 자신이 있었으니까.

　그리고 지금까지의 탐색전을 통해, 이안은 녀석의 공격 패턴을 완벽히 파악할 수 있었다.

　"그래, 너 말 잘했다. 그렇지 않아도 이젠 슬슬 싸워 볼 참이었거든."

씨익 웃은 이안이, 기계파수꾼을 향해 검을 겨누었다.

그러자 후방에 빠져 있던 소환수들이 일사불란하게 앞으로 튀어나왔다.

"사라, 바네사, 준비됐지?"

"물론!"

"당연하지!"

이안과의 전투가 익숙해지기 시작한 두 자매는 오더를 금방금방 이해하였다.

다만 두 사람과 달리 반 박자 느린 뮤엘을 위해, 이안은 구체적인 오더를 얘기하였다.

"뮤엘 님, 뿍뿍이 위주로 서포팅해 주세요."

"네……?"

"저기 맨 앞에 나온 저, 어비스 드래곤 녀석 말입니다."

"아, 알겠어요."

눈을 반짝인 이안은 뿍뿍이를 향해 시선을 돌렸다.

그리고 씨익 웃어 보인 뒤, 천천히 입을 열었다.

"뿍뿍아."

"왜, 왜 그러냐뿍."

알 수 없는 불안감을 느낀 뿍뿍이가 떨리는 목소리로 대답한다.

그리고 뿍뿍이의 그 불안감은, 다음 순간 현실이 되어 버렸다.

"지금 이 순간부터……."

"뿍?"

"네가 탱커이자 힐러이자 메인 딜러야."

뿍뿍이의 동공에 지진이 일어났다.

"뿌뿍? 그게 무슨 말이냐뿍?"

드래곤 브레스를 제외하면, 사실상 뿍뿍이의 고유 능력 중에는 이렇다 할 공격 스킬이 없다.

'마법의 일족' 고유 능력을 사용해 공격 마법을 구사하면 되긴 하지만, 지능보다 물리 공격력이 훨씬 더 뛰어난 뿍뿍이에겐 효율이 조금 떨어지는 것이다.

하지만 그럼에도 불구하고, 뿍뿍이는 거의 깡패 수준의 DPS를 자랑한다.

그냥 전투 스텟 자체가 어처구니없을 정도로 높기 때문이었다.

'마력 강화 고유 능력이 처음 생각했던 것보다 많이 사기 능력이었지.'

신령스러운 기운을 흡수할 때마다 스텟이 강화되는, 뿍뿍이만의 고유 능력인 마력 강화.

현재 뿍뿍이의 '마력 강화' 상태는 다음과 같았다.

마력 강화

심연의 드래곤은 신령스러운 영물을 흡수할 때마다 더욱 강력해진다.

(영초나 영단을 먹을 때마다 방어력과 생명력, 그리고 공격력이 영구적
으로 상승한다.)
현재 추가 공격력 : 7,524 (초월 250)
현재 추가 방어력 : 5,725 (초월 190)
현재 추가 생명력 : 1,257,565 (초월 41,918)

마력 강화로 인한 보너스 스탯만 해도, 일반적인 소환수들
이 백 레벨 이상을 올려야 얻을 수 있는 수준인 뿍뿍이.

전투 스탯만 놓고 봤을 땐 카르세우스보다 강력하고 빡빡
이보다도 더 단단한 수준이었으니, 더 설명할 필요조차 없는
것이다.

뿍뿍이의 아쉬운 점은, 높은 공격 계수를 가진 공격 스킬
이 없다는 것뿐.

하지만 지금부터 이 단점은, 아무런 의미가 없어질 예정이
었다.

어차피 기계파수꾼의 '포효' 디버프 때문에 공격 스킬들은
사용이 거의 불가능했으니까.

'뿍뿍이가 오랜만에 밥값하겠군.'

게다가 뿍뿍이의 속성은 '어비스'이다.

지금까지는 존재 이유를 알 수 없는 속성이 바로 이 어비
스 속성이었으나, 이 안에서만큼은 최강의 속성이다.

이 던전 안에서 유일하게 버프를 받는 두 개의 속성 중 하
나인 데다, 나머지 속성을 잡아먹는 상성 관계의 속성이었으

니 말이다.

더해서 지금 눈앞에 있는 기계파수꾼의 속성이 바로, 어비스가 잡아먹을 수 있는 속성인 시온이었다.

"뿍뿍아."

"뿌뿍?"

"그동안 사냥하느라 스트레스 좀 쌓였지?"

"뿍!"

이안은 창을 들어, 기계파수꾼을 가리켰다.

척-!

그리고 씨익 웃으며 말을 이었다.

"지금부터 쟤가 네 샌드백이야."

"뿍……?"

"뒤는 형이 책임질 테니까, 뚜까 패!"

뿍뿍이 : 어비스 드래곤

작은 거북의 위에 떠올라 있는 정보를 확인한 뮤엘은 의아한 표정이었다.

그도 그럴 것이, 저 대두 거북이의 모습은 그녀가 알던 어비스 드래곤이 아니었기 때문이다.

'어비스 드래곤이라면, 분명 차원전쟁 마지막에 등장했던 그 멋진 군청빛의 드래곤을 말함일 텐데……'

하지만 전투가 시작되자, 그녀의 두 눈은 휘둥그레졌다.

뿍뿍거리며 이안과 실랑이를 벌이던 녀석이 푸른빛에 휩싸이며 근사한 드래곤의 모습으로 변하였기 때문이다.

"……!"

그리고 눈을 동그랗게 뜬 뮤엘의 귓전에 이안의 목소리가 들려왔다.

"뮤엘 님, 어서 버프!"

"아, 네네!"

뮤엘은 서둘러, 발동시킬 수 있는 모든 버프를 녀석에게 쏟아부었다.

"빛의 방벽! 여신의 축복!"

그러자 거대한 어비스 드래곤의 전신에, 새하얀 빛이 스며들었다.

위이잉-!

그리고 버프를 발동시킨 것은 뮤엘뿐이 아니었다.

"속성 강화!"

"용맹의 빛!"

바네사와 이안 또한, 가지고 있는 모든 버프 스킬을 발동시킨 것이다.

정확히는 두 사람이 가진 버프 스킬이 아닌, 이안의 소환수 엘카릭스와 바네사의 소환수 코르투스의 마법이었지만 말이다.

우웅— 우우웅—!

그리고 마지막으로, 사라의 마법이 캐스팅되었다.

"마력의 벽!"

마력의 벽은, 7클래스 이상의 마법사만 사용할 수 있는, 마법사가 가진 최상위의 유틸성 마법이다

마력의 벽

분류 : 보조 마법　　　　　　**클래스 : 7클래스**

소모 마력 : 4,500

지정한 좌표에 '마력의 벽'을 생성하여, 벽을 통과한 모든 공격 스킬의 위력을 증폭시킵니다.

*시전자의 지능에 비례하여 증폭률이 증가합니다.

현재 증폭률 : 219퍼센트

*시전자의 숙련도에 비례하여 지속 시간이 증가합니다.

현재 지속 시간 : 3.6초

시전자의 수준에 따라 최대 200퍼센트도 넘는 위력을 증폭시켜 주니, 정말 어마어마한 계수라고 할 수 있는 것이다.

물론 짧은 지속 시간 때문에 활용하기 까다롭긴 했지만, 사라 정도의 랭커에게는 해당 사항 없는 이야기.

사라의 캐스팅이 완료되는 순간, 뿍뿍이의 앞에 보랏빛의 반투명한 타원이 생성되었다.

위잉-!

그리고 그 바로 앞에 입을 쩍 벌린 뿍뿍이가 용의 숨결을 쏟아내기 시작하였다.

콰아아아아!

-소환수 '뿍뿍이'가 '드래곤 브레스' 고유 능력을 발동합니다.

-대상과의 상성 관계로 인해 위력이 증폭됩니다.

-'속성 강화' 버프 효과로 인해 위력이 증폭됩니다.

-'기계파수꾼'에게 치명적인 피해를 입혔습니다!

-'기계파수꾼'의 생명력이 5,798만큼 감소합니다!

-'기계파수꾼'의 생명력이 4,989만큼 감소합니다!

-'기계파수꾼'의 생명력이 5,370만큼 감소합니다!

어림잡아 30만은 됨직한 기계파수꾼의 생명력이 급속도로 떨어져 내리기 시작했다.

이제껏 어떤 공격에도 멀쩡하던 거대한 쇳덩이가 붕괴된 것이다.

-그롸롸롸, 이놈들!

순식간에 10만이 넘는 생명력을 잃은 기계파수꾼이, 포효하며 뿍뿍이를 향해 달려들었다.

괴랄한 생명력 회복 능력으로 피해를 복구하고는 있었지만, 워낙 입은 피해가 큰 탓에 금세 메워지지는 않고 있었다.

그리고 그 사이, 다른 소환수들의 총공격이 시작되었다.

콰득[고딕]- 콰콰쾅-!

이안과 바네사의 소환수들이 기계파수꾼을 정신없이 밀어 붙이기 시작한 것이다.

'회복할 시간을 줘서는 안 돼!'

어느새 마법 캐스팅을 전부 끝낸 엘카릭스도 빛의 신룡으로 현신하여 브레스를 차징했다.

그리고 그것은 카르세우스와 코르투스도 마찬가지였다.

콰아아ー!

연이은 드래곤들의 브레스 난사.

물론 상성관계에 버프까지 몰아 받은 뿍뿍이에 비할 바는 아니었지만, 그래도 무시할 만한 위력은 결코 아니었다.

정신없이 소환수들을 컨트롤하던 이안이 기계파수꾼의 생명력 게이지를 힐끗 응시했다.

어느새 절반 넘게 깎여 나간 생명력 게이지는 천천히 깜빡이고 있었다.

그런데 그 순간.

쿵ー!

바닥에 발을 힘껏 찍어 내린 기계파수꾼이 커다랗게 포효했다.

크아아아ー!

'파수꾼의 함성'이 발동된 것이다.

디버프와 함께 모든 액티브 스킬이 잠겨 버린 것.

'쳇, 아직 못 쓴 스킬들이 많은데……'

이안은 입맛을 다셨지만, 별로 당황하지는 않았다.

어차피 가장 강력한 액티브 스킬인 브레스를 전부 박아 넣은 이상 아쉬울 것은 없었다.

이제 믿을 것은, 뿍뿍이의 육탄전뿐이었다.

"뿍뿍아, 앞으로!"

"알겠다, 주인!"

오랜만에 드래곤의 형상으로 현신한 뿍뿍이가 정상적인 어투를 사용하자, 알 수 없는 위화감이 엄습했다.

'역시 뿍뿍거릴 때가 귀엽긴 한데.'

하지만 거기에 신경 쓸 틈은 없었다.

바로 다음 순간, 기계파수꾼의 다음 동작이 이어졌기 때문이었다.

몸을 잔뜩 웅크리며 허리를 숙이는 기계파수꾼.

겉으로는 날아드는 공격들을 막아 내려는 동작처럼 보였지만, 이미 모든 보스 패턴을 파악한 이안은 그게 아니라는 것을 잘 알고 있었다.

바닥에 잔뜩 웅크렸던 녀석은 곧 벌떡 일어날 것이고, 킹콩처럼 가슴을 두들겨 댈 것이니까.

이안은 머리를 빠르게 회전시켰다.

'닉의 고유 능력 재사용 대기 시간은 돌아왔는데…….'

가슴을 두들기며 쇳덩이를 사방으로 폭사시키는 기계파수꾼의 고유 능력은, 사실 닉의 고유 능력으로 흡수하는 게 가장 좋은 방법이다.

고유 능력을 뿜어내는 동안 기계파수꾼은 거의 무방비 상태가 되며, 그때가 대미지를 넣기 가장 좋았으니 말이다.

닉의 고유 능력으로 쇳덩이들을 전부 지워 버리면, 녀석의 고유 능력이 발동되는 동안 오히려 극딜을 넣을 수 있는 것이다.

하지만 이안은, 닉의 고유 능력을 아껴 보기로 했다.

일반적으로 보스 몬스터들은, 생명력이 30퍼센트 이하로 떨어졌을 때 가장 강력한 고유 능력을 발동시키기 때문이었다.

그게 어떤 능력인지는 아직 확인하지 못했기 때문에, 닉의 '태양신의 비호'를 아껴 둘 필요가 있다고 판단했다.

물론 그렇다고 해서, 기계파수꾼의 고유 능력을 그대로 맞아 줄 생각은 없었지만 말이다.

"뿍뿍아, 날려 버려!"

캬아아오―!

이안의 오더를 받은 뿍뿍이가 오른쪽 발을 들어 웅크린 파수꾼의 앞에 찍어내렸다.

쾅―!

그러자 돌조각들이 사방으로 비산하며 쇠기둥같이 묵직한 뿍뿍이의 발이 바닥에 발목까지 틀어박혔다.

이어서 뿍뿍이는 오른발을 축으로 해서 몸을 강하게 비틀어 돌렸다.

그리고 뿍뿍이의 묵직한 꼬리가 웅크린 기계파수꾼을 향해 틀어박혔다.

쐐애애액- 콰쾅!

−소환수 '뿍뿍이'가 '기계파수꾼'에게 치명적인 피해를 입혔습니다.

−'기계파수꾼'의 생명력이 3,980만큼 감소합니다.

단단하여 꿈쩍도 하지 않을 것 같던 기계파수꾼의 몸체가, 옆으로 휘청거렸다.

그와 동시에, 파수꾼의 심장으로 모이던 하얀 빛이 허공에 흩어졌다.

발동되려던 고유능력이 이안의 의도대로 캔슬된 것이다.

'됐다.'

타탓−!

핀의 등에 올라탄 이안이 가벼운 몸짓으로 도약하였다.

이어서 이안은 들고 있던 정령왕의 심판을 강하게 내리 던졌다.

그리고 그 뒤를 따라 이안의 신형도 쇄도하기 시작했다.

어느새 이안은 블러디 리벤지를 꺼내 들고 있었다.

우우웅.

검에서부터 붉은 빛이 새어 나오더니 이안의 전신을 휘감았다.

이안의 신형은 점점 핏빛 안개가 되어 균형을 잃은 기계파수꾼을 향해 쏟아져 내려갔다.

쐐애애액!

황금빛 뇌전에 핏빛 안개가 휘감기며, 기계파수꾼의 심장을 파고들었다.

콰콰쾅!

이어서 이안의 눈앞에 시스템 메시지들이 주르륵 하고 떠올랐다.

-고유 능력 '블러드 스플릿'을 발동합니다.

-'기계파수꾼'에게 치명적인 피해를 입혔습니다.

-'기계파수꾼'의 생명력이 1,420만큼 감소합니다.

-'기계파수꾼'의 생명력이 1,798만큼 감소합니다.

기계파수꾼의 디버프로 인해 모든 공격 스킬들이 잠겨 있었던 상황.

이 상황에서 이안은, '블러드 스플릿'을 대체 어떻게 사용했던 것일까?

이안의 플레이를 지켜보고 있던 사라는 온몸에 소름이 돋는 것을 느꼈다.

'저걸 쓰기 위해서, 일부러 착용을 해제했던 거였어?'

이안을 자세히 관찰하지 않았다면 알 수 없는 사실이었지만, 그는 포효가 발동하는 순간 블러디 리벤지를 착용 해제하였다.

때문에 블러드 리벤지는 디버프 효과에서 벗어날 수 있었고, 블러드 스플릿은 사용 가능한 상태로 유지된 것이다.

'이 난전 중에 그런 생각을 대체 어떻게 떠올리는 거지?'

사실 이론 자체는 너무도 단순한 것이었다.

광역 디버프가 발동하는 순간 장비를 착용 해제해 놓으면, 당연히 해당 장비에 붙은 고유 능력은 영향을 받지 않는 것이기 때문이다.

하지만 이안이 대단한 것은 정신없이 싸우는 와중에 그런 부분까지 계산해 냈다는 것이었다.

사라는, 이안의 뇌구조가 분명 일반인들과 다를 것이라 생각했다.

콰쾅- 콰콰쾅-!

어느새 생명력이 10퍼센트 이하로 떨어져 내린 기계파수꾼이 발광했다.

사전 동작조차 없이, 뾰족한 쇳덩이를 무작위로 쏟아 내기 시작한 것이다.

하지만 핀의 '태양신의 비호' 고유 능력을 아껴 뒀던 이안은 여유롭기 그지없었다.

위이잉.

황금빛의 물결이 퍼져 나가면서, 모든 투사체가 싸그리 지워졌기 때문이었다.

"뿍뿍아, 마무리하자."

"그러도록 하지."

어비스 드래곤답게 묵직한 음성으로 대답한 뿍뿍이는 날뛰는 기계파수꾼을 향해 달려들었다.

이어서 입을 쩍 하고 벌리더니 파수꾼의 목덜미를 사정없이 물어뜯기 시작했다.

콰득― 콰드득―!

그리고 거의 빈사상태가 된 기계파수꾼이, 그 무자비한 공격을 버텨 낼 수 있을 리 만무했다.

―그륵― 그드득― 내가 당하다니…….

힘 빠진 기계음을 뱉어내며, 힘없이 무너져 내리는 거대한 파수꾼의 몸집.

쿵―!

이어서 뿍뿍이의 커다란 발톱이 쓰러진 파수꾼의 심장에 파고들었다.

콰콰콱!

그것은 이 치열했던 전투의 마침표였다.

―소환수 '뿍뿍이'가 '기계파수꾼'에게 치명적인 피해를 입혔습니다.

―'기계파수꾼'의 생명력이 2,561만큼 감소합니다.

―'기계파수꾼'의 생명력이 3,038만큼 감소합니다.

―'기계파수꾼'의 생명력이 전부 소진되었습니다!

―'기계파수꾼'을 성공적으로 처치하였습니다!

-초월 경험치를 579만큼 획득합니다.

-초월 레벨이 7로 상승하였습니다.

-'기계파수꾼 처치' 퀘스트를 성공적으로 완수하였습니다!

이안 일행의 눈앞에, 수없이 많은 시스템 메시지가 연달아 펼쳐졌다.

이어서 기계파수꾼의 사체가 하얀 빛에 휩싸이며 사방으로 흩어져 사라졌다.

-'고대의 쇳조각' 아이템을 획득하셨습니다.

-'하급 기계소환수 설계도' 아이템을 획득하셨습니다.

-'화염의 상급 정수' 아이템을 획득하셨습니다.

-'물의 상급 원소 결정' 아이템을 획득하셨습니다.

모든 보상 목록을 확인한 이안의 눈이 더욱 밝게 반짝였다.

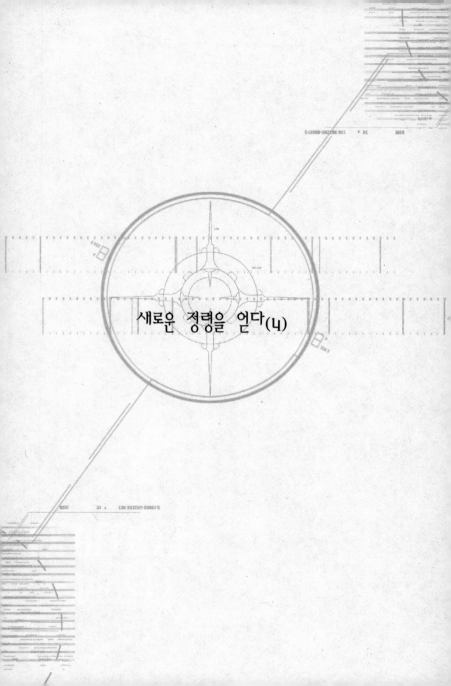

새로운 정령을 얻다(4)

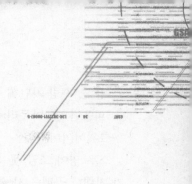

중부 대륙, 시카르 사막의 북부 지역에 있는 유피르 산맥.

과거 리치 킹의 권역이었던 이곳은 이제 완전히 새로운 지역으로 탈바꿈되어 있었다.

만년설이 쌓여 있던 삭막한 풍경에서 다양한 초목이 자라는 아름다운 초원과 숲으로 변한 것이다.

그리고 당연한 이야기겠지만, 언데드들로만 이루어져 있던 필드 몬스터들 또한 맵에 어울리는 종류의 녀석들로 바뀌어 있었다.

그야말로 평화롭기 그지없는 아름다운 풍경.

하지만 그 속사정은 결코 평화롭지만은 않았다.

"레미르 님, 광역 슬로우 좀 걸어 주세요!"

"유신, 후방 차단해 주고!"

"피올란 님, 마무리 좀!"

그워어어어-!

스무 명이 조금 못 되어 보이는 로터스 길드의 길드 파티가 거대한 골렘을 사냥하고 있었다.

그리고 골렘의 머리 위에는 녀석에 대한 간단한 정보가 떠올라 있었다.

자이언트 포레스트 골렘 : Lv. 500

"조금만 더! 거의 다 잡았어!"

"노엘아, 브레스 쿨 아직이야?"

"이제 곧 돼!"

"헤르스 형, 엄호 좀!"

겉으로 보이는 무식하기 짝이 없는 레벨만으로도 어마어마한 위압감을 주는 거대한 골렘.

하지만 로터스의 길드 파티는 어렵지 않게 녀석을 사냥해 내었다.

쿵-!

-파티원 '간지훈이'가 '자이언트 포레스트 골렘'에게 치명적인 피해를 입혔습니다!

-'자이언트 포레스트 골렘'의 생명력이 1,598,039만큼 감소합니다.

-'자이언트 포레스트 골렘'의 생명력이 전부 소진되었습니다.

-'자이언트 포레스트 골렘'을 성공적으로 처치하셨습니다.

-경험치를 98,047,982만큼 획득합니다.

"좋았어, 훈이!"

"크, 마지막에 커버 좋았어, 헤르스 형."

"별말씀을."

리치 킹 에피소드가 끝난 이후 유피르 산맥은 무척이나 한산해졌다.

죽은 자들의 권역은 사라졌지만, 아이러니하게도 유저들의 발길이 더욱 뜸해진 것이다.

물론 이곳이 처음부터 한산했던 것은 아니다.

리치 킹의 군대가 사라진 직후에는 수많은 유저들이 산맥을 탐험하기 위해 원정대를 꾸렸으니 말이다.

하지만 그 인파들이 전부 사라지기까지는 일주일도 채 걸리지 않았다.

그 이유는 필드에 등장하는 몬스터들 때문이었다.

"휘유, 유피르 산맥도 언젠간 다른 사냥터처럼 사람이 넘칠 날이 오겠지?"

훈이의 말에 카노엘이 고개를 절레절레 저으며 대답했다.

"글쎄. 적어도 1년은 지나야 그렇게 되지 않을까?"

"하긴. 상위권 평균 레벨이 450쯤 되려면, 1년 이상은 걸리겠지."

유피르 산맥의 필드 몬스터 평균 레벨은, 정확히 500이었다.

산맥에 등장하는 모든 몬스터의 레벨이 죄다 500레벨인 것이다.

때문에 현재 카일란 한국 서버에서 유피르 산맥을 사냥터로 쓸 수 있는 파티는 손가락에 꼽을 수준이었다.

최강의 전력을 가졌다고 할 수 있는 로터스 길드도 유피르 산맥 원정이 가능한 파티는 두 파티 이상 만들 수 없었으니 말이다.

카일란 공식 커뮤니티에 등재되어 있는, 유피르 산맥의 사냥 권장 레벨은 450.

지금 랭커들이 죄다 모여 있는 로터스의 파티의 평균 레벨이 430정도였으니, 이것만으로도 그 난이도를 짐작할 수 있을 것이다.

"여기서 잠깐 휴식! 다들 정비하고, 5분 뒤에 다시 사냥 시작하도록 하죠."

헤르스의 말에, 피올란이 고개를 끄덕이며 대답했다.

"그래요. 1시간 쉬지 않고 달렸더니 진이 다 빠지네."

그리고 옆에 있던 카노엘이 밝은 표정으로 한마디 덧붙였다.

"맞아요. 전 지금 뱃가죽이 등에 붙었다고요."

이어서 훈이는 하린을 향해 쪼르르 달려갔다.

"하린 누나, 도시락 좀 열어 줘!"

맵 구석에 자리 잡은 로터스의 파티는 화기애애한 분위기 속에 도시락을 까먹기 시작했다.

사실 하린의 레벨은 아직 유피르 산맥에 올 만한 수준이 아니다.

하지만 그녀를 항상 파티에 모셔오는 이유가 바로 여기 있었다.

사냥 중에 간식 시간은 그야말로 달콤했으니까.

고급 요리의 부가 효과로 인한 스텟 상승은 덤이고 말이다.

"그나저나 누나."

"응?"

"이 형은 정령계에서 대체 언제 나오는 거야?"

훈이의 물음에, 하린이 고개를 절레절레 저으며 대답했다.

"나도 모르겠어. 어제는 뭐라더라? 무슨 기계소환수 설계도인지 뭔지 찾았다고 좋아하던데……."

하린의 말에, 레미르가 어이없는 표정으로 입을 열었다.

"아니, 하린 님, 이안 님이랑 같이 사시는 거 아니에요?"

"맞아요."

"그런데 이안 님 근황을 잘 모르면 어떡해요."

하린이 뒷머리를 긁적이며 대답했다.

"우린 캡슐 밖에 있을 때 게임 얘기 안 하기로 약속했거든요."

"……?"

"하루 24시간 중에 거의 20시간을 캡슐 안에 있는데 밖에서까지 게임 얘기만 하면 너무 삭막하잖아요."

"아……."

어쩐지 슬픈(?) 하린의 말에, 모두가 고개를 끄덕이며 한마디씩 하였다.

"하긴, 듣고 보니 정말 맞는 말이네요."

"크, 반박할 말이 떠오르질 않는다."

"힘내요, 누나. 파이팅."

그리고 잠시 후, 레미르가 고개를 절레절레 저으며 다시 입을 열었다.

"사실 저는, 이안 님이 연애한다는 말을 들었을 때 잘못 들은 줄 알았어요."

"왜요?"

"왜긴요. 평균 플레이 타임이 일반 사람 깨어 있는 시간보다 긴데, 연애할 시간이 있을 수가 없잖아요?"

"……."

"하린 님 아니었으면, 이안 님은 아마 평생 솔로였을 거예요."

"동의."

"나도 동의."

"나도."

"……."

그렇게 화기애애한 분위기 속에서 로터스 길드 파티의 휴식 타임은 금방 지나가 버렸다.

그리고 다시 사냥이 시작되기 전, 카노엘이 문득 작은 목소리로 중얼거렸다.

"만약 여기 이안 형 있었으면, 이런 쉬는 시간도 없었겠지?"

그 말을 들은 훈이가 부르르 떨며 노엘에게 한마디 했다.

"그런 무서운 소리 함부로 하는 거 아냐, 노엘 형."

하린도 한마디 거들었다.

"이 파티에 진성이 오면 나부터 탈퇴하면 안 될까?"

"……."

그런데 바로 그때, 파티원들의 귓전으로 무서운 목소리가 들려왔다.

"여, 사냥들은 잘돼 가시나?"

모두의 시선은 일제히 소리가 들려온 방향을 향해 움직였고, 놀랍게도 그곳에는 이안이 서 있었다.

이안이 오랫만에 인간계에 나타난 이유는 다른 것이 아니었다.

잠재력 훈련을 위해 조련소에 맡겨 두었던 까망이.

드디어 녀석이 레벨 업을 할 준비가 되었기 때문이었다.

'스킬 생성이 생각보다 오래 걸렸어.'

이안은 정령계의 퀘스트를 수행하는 중에도 차원의 포털을 이용해 조련소에 여러 번 왕래했었다.

까망이의 잠재력이 100이 될 때마다 스킬 부여를 사용하기 위해 갔었던 것이다.

그리고 한 일곱 번 정도의 시도를 거쳐서, 마음에 드는 스킬을 얻을 수 있었다.

어둠의 마력탄

분류 : 기본 공격 마법
재사용 대기 시간 : 없음   **캐스팅 시간** : 1초
어둠 속성의 마력의 구체를 생성하여 전방으로 빠르게 발사합니다.
마력탄은 적에게 명중하는 즉시 폭발하며, 반경 2미터 이내의 적들에게
지능에 비례하는 어둠 속성의 피해를 입힙니다.
*폭발 지점에서 멀어질수록 피해량이 줄어듭니다.
*어둠의 마력탄에 피해를 입을 시 어둠 속성 저항력이 3만큼 감소합니다. (중첩 불가)

'캐스팅 시간이 좀 더 짧았으면 좋았겠지만, 이 정도면 충분히 훌륭하지 뭐.'

'기본 공격 마법' 분류를 가진 고유 능력은 마법사들에게

일반 공격과 비슷한 것이었다.

위력은 다른 공격 마법들에 비해 많이 떨어지지만, 재사용 대기 시간과 마력 소모가 없거나 적다는 것이 특징이었다.

때문에 이 '기본 공격 마법'은 캐스팅 시간이 얼마나 짧으냐가 무척이나 중요한 요소였다.

캐스팅 시간이 곧 공격 속도를 의미하니 말이다.

그리고 1초라는 캐스팅 속도는 기본 공격 마법들 중에서 충분히 빠른 편에 속했다.

'까망이를 중간계에서 써먹으려면, 최소 350레벨 정도는 되어야 하겠지?'

중간계에서는 초월 레벨이 적용되지만, 그렇다 해서 인간계의 레벨 업이 의미 없는 것은 아니다.

초월 1레벨의 능력치가 인간계에서의 능력치에 비례하기 때문이다.

하여 이안은 잠시 정령의 성소 입장을 미뤄 두고, 인간계에 내려온 것이었다.

이안을 발견한 훈이가 쪼르르 달려와 입을 열었다.

"형, 정령계 콘텐츠는 얼마나 진행한 거야? 퀘스트하다가 막혀서 온 거지? 역시 내가 필요하지?"

오랜만에 만난 이안이 반가웠는지 속사포처럼 떠들기 시작하는 훈이였다.

이안은 고개를 살짝 저으며, 훈이를 향해 씨익 웃어 주었다.

"너 지금까지 내가 퀘스트 막히는 거 본 적 있냐?"

그리고 이안의 말에, 훈이는 할 말을 잃고 말았다.

"……."

이어서 이안을 향해 모여든 로터스 길드원들이 하나둘 입을 열기 시작했다.

오랜만에 나타난 이안의 근황과 정령계에 대한 정보들이 궁금했기 때문이었다.

"정령계는 난이도 어때? 진행할 만해?"

"혹시 상급정령에 대한 단서는 찾은 거야, 형?"

"명계랑 비교하면 어떤 것 같아요?"

그리고 어느 정도 이안의 답변이 이어지고 나서야, 일행은 이안을 놓아주었다.

때문에 진이 빠진 이안은 한숨을 푹 쉬며 중얼거렸다.

"어후, 다들 궁금한 게 엄청 많네."

그에 훈이와 레미르가 동시에 투덜거린다.

"그러니까 우릴 같이 데려갔어야지."

"맞아. 혼자 콘텐츠 다 독식하려고. 치사해."

이안은 피식 웃으며 다시 입을 열었다.

"500레벨 찍으면 다 같이 데려가 준다니까? 지금 다들 몇 렙인데?"

"나는 439."

"나는 445."

"뭐야, 아직까지 내 레벨도 못 따라 잡은 거야?"

"그, 그런가?"

"……."

이안의 현재 레벨은 447이다.

지난 몇 주 동안 중간계에 있었음에도, 아직까지 랭킹 1위를 유지하고 있었던 것.

물론 이안의 레벨을 바짝 추격하고 있던 샤크란과 같은 랭커들이 모두 이안처럼 중간계에 들어가 있었기에 가능한 것이기는 했지만 말이다.

할 말이 없어진 훈이와 레미르가 입을 다물자, 이안은 머릿속으로 계산기를 두들겨 보았다.

'이 정도 속도라면 보름 정도 뒤엔 다들 내 레벨 앞지르겠어.'

현재 카일란 한국 서버의 상위 랭커들은, 죄다 명계에 들어가 초월 레벨을 올리고 있었다.

새로운 콘텐츠가 발견되었으니, 눈에 불을 켜고 달려드는 것이다.

하지만 그에 반해, 로터스 길드는 인간계에서의 레벨 업에 전력을 쏟고 있었다.

심지어 이안의 가신들까지도 말이다.

하여 처음 등용할 때부터 470레벨이었던 헬라임의 경우 벌써 490레벨이 넘어 만렙을 바라보고 있었고, 카이자르 또한 470레벨이 훌쩍 넘었다.

그리고 이것은, 이안이 로터스 길드 전체에 내린 지침이었다.

'빨리 지상계의 만렙부터 찍는 게, 여러모로 고효율일 테니까.'

이안이 이렇게 생각하는 이유는, 다음과 같았다.

첫째, 어차피 '용사의 마을'에 대한 단서를 찾기 전까지 초월 레벨을 올리는 것은 큰 의미가 없다.

용사의 마을에 가 시험을 치르고 징표를 얻어야만, 대부분의 중간계 콘텐츠가 풀리기 때문이다.

심지어 징표가 없이는, 초월 10레벨 이후부터 레벨 업조차 불가능하니 급할 필요가 없는 것이다.

둘째, 대부분의 상위 랭커들이 초월 레벨 업에 혈안이 되어있는 지금, 인간계의 사냥터가 무척이나 널널하다.

특히 유피르 산맥같은 경우, 로터스 길드가 아예 전세 내고 들어와 있는 수준이었으니 말이다.

사냥터의 환경이 무척이나 쾌적하단 이야기다.

셋째, 인간계의 레벨이 높은 상태에서 중간계 필드에 가는 것이, 여러모로 유리하다.

인간계의 레벨이 높을수록 초월 1레벨의 스텟이 높아지니, 초월 10레벨을 만드는 데 걸리는 시간이 더 줄어들 것이다.

반면 초월 레벨은 아무리 높아 봐야, 인간계의 능력치에 영향을 주지 못한다.

그렇다면 이런 상황에도 불구하고, 이안은 어째서 정령계에 들어가 있는 것일까?

그 이유는 간단했다.

'나 하나 정도는 콘텐츠를 싹 파악하고 있어야 길드원들을 최대한 효율적으로 움직일 수 있을 테니까.'

이안의 모든 움직임은 언제나 그랬듯 치밀한 계산 안에 있었다.

다른 길드원들과 달리 가만히 대화를 듣고 있던 헤르스가 문득 궁금한 게 생겼는지 입을 열었다.

"그런데 진성이 너, 갑자기 여긴 왜 온 거야? 지상계 내려올 때까지 한두 달 정돈 더 걸릴 것 같다더니."

그리고 헤르스의 물음에 이안은 아차 하는 표정이 되었다.

"아, 떠들다가 잊고 있었네. 뭐 하나 맡기러 잠깐 내려온 거였거든."

누군가를 찾는 듯 두리번거린 이안은, 파티의 구석에 있던 가신 세리아를 찾아 불렀다.

"세리아."

"예, 폐하."

"이 녀석 맡길 테니까, 잘 좀 키워 줘. 내가 아끼는 녀석이니까 말이야."

이어서 이안은, 새까만 마수 한 마리를 소환하였다.

그리고 녀석의 머리 위에는 간단한 정보 창이 떠올라 있었다.

까망이(흑기린) : Lv. 1

족히 수십 미터는 됨직한 키에, 둘레만 오륙 미터 정도는 되어 보이는 거대한 나무들.

푸른 초목이 우거진 숲속에 시원한 바람이 불어왔다.

휘이잉.

그 바람을 타고 작은 정령들이 노닐고 있었다.

─아, 따분해. 오늘은 무슨 재밌는 일 없을까?

─이 좁은 성소 안에 그런 게 있을 리 없잖아.

─맞아. 얼른 바깥으로 나가고 싶어. 바깥에는 재밌는 일이 많을 텐데…….

─그렇기는 하지만, 샬론 님께서 절대 바깥으로 나가지 말라고 하셨어. 성소 바깥은 위험하다고 말이야.

─힝, 조심해서 놀고 오면 괜찮지 않을까?

─안 돼. 샬론 님께서 화나시면 정말 무섭다구!

기계문명에 의해 정복당해 오염되어 버린 정령계.

하지만 그 안에서도 아직 오염되지 않은 구역은 있었다.

정령계의 동서남북에 각각 자리하고 있는 네 곳의 정령의 성소와 정령산의 중심에 자리 잡고 있는 대자연의 성역.

정령계 안에서도 원소의 힘이 가장 강력한 이 다섯 군데만큼은 아직까지 기계문명이 정복하지 못한 것이다.

그리고 이안이 심연의 계곡을 정화하고 들어온 정령의 성소는 이 중 남쪽에 있는 정령의 성소였다.

위이잉-!

낮은 공명음과 함께, 허공에 푸른빛이 일렁였다.

그리고 잠시 후, 그 자리에 파란 게이트가 생성되었다.

"웃차."

게이트 안쪽에서 나타난 인물은 까망이의 육성을 맡겨 놓고 돌아온 이안.

이어서 이안의 눈앞에, 새로운 시스템 메시지가 떠올랐다.

띠링-!

-'정령의 성소'에 입장하셨습니다!

-전투가 제한되는 구역입니다.

-보유한 정령의 정령력이 조금씩 상승합니다.

메시지를 확인한 이안이 작은 목소리로 중얼거렸다.

"예쁜이가 뭐랬더라. 정령수호자 샬론이라는 녀석을 찾아가라고 했던 것 같은데……."

이안은 두리번거리며 주변을 둘러보았다.

사방에는 거대한 나무들만이 빼곡하게 솟아 있었고, 인위적인 길 같은 것이 전혀 보이지 않았기 때문이었다.

"어후, 쌍둥이에게 연락해서 좌표라도 찍어 달라고 해야 하나……."

기계파수꾼과의 전투에서 승리한 이후, 이안과 쌍둥이 자매 그리고 뮤엘은 각자의 볼일을 보기 위해 헤어졌다.

정확히는 이안이 볼일이 있었기 때문에 나머지 세 사람이 먼저 정령의 성소에 들어간 것이다.

이안은 세팅이 끝난 까망이 때문에 인간계에 들러야 했으니 말이다.

그리고 이안이 인간계에 다녀온 사이 그들이 먼저 성소에 대한 정보를 조사해 놓기로 했었다.

세 사람과 모두 친구 등록을 해 놓은 이안은 곧바로 채팅방을 개설해 보았다.

－이안 : 사라, 바네사. 지금 어디야?

그리고 10초도 채 지나지 않아 곧바로 대답이 돌아왔다.

대답의 내용은, 이안이 예상했던 것과 조금 달랐지만 말이다.

－사라 : 우리 지금 인간계로 돌아와 있어.

–바네사 : 난 지금 인간계에서 사냥 중!

–뮤엘 : 저는 다크 어비스요. 우리 서버 길드 파티에 돌아와서 명계 공략 중이에요.

"……!"

이안은 살짝 당황했다.

그는 당연히 세 사람이 함께 정령의 성소 안에 있을 것이라 생각하고 있었으니까.

다음 퀘스트를 진행하기 위해 성소 안에서 이안을 기다리고 있을 것이라 생각하고 있었으니 말이다.

'다들 지상계로 내려갔단 말은 더 이상 진행할 퀘스트가 없었다는 얘기일 텐데…….'

하지만 그의 당황은 그리 오래 가지 않았다.

바로 다음 순간 머릿속에 퍼뜩 떠오르는 것이 있었기 때문이다.

'역시 생각했던 대로, 정령계도 명계처럼 콘텐츠 제한이 걸려 있나 본데? 예상보다 약간 빠른 시점이긴 하지만 말이야.'

이안이 처음으로 진입했던 중간계인 명계.

명계에 있는 대부분의 콘텐츠는 '용사의 자격' 없이 진행할 수 없게 막혀 있었다.

왜냐하면 용사의 자격 없이는 카론이 배를 태워 주지 않기 때문이다.

카론의 배에 오르지 못한다면 에레보스에 진입할 방법이 없고, 대부분의 명계 콘텐츠는 에레보스 안에 있으니.

사실상 메인 콘텐츠가 죄다 막혀 있는 것이라고 할 수 있었다.

명계에서 용사의 자격 없이 입장이 가능한 곳은, 다크 어비스뿐.

그리고 정령계 또한 중간계이기에 어느 정도 예상했던 상황이었다.

'역시 용사의 자격을 얻기 전엔, 제대로 된 중간계 콘텐츠를 즐길 수가 없는 거였어.'

심연의 계곡이 있었던 '바람의 평원'과 서리동굴이 있었던 '순록의 숲' 맵이 명계로 따지면 다크 어비스와 비슷한 느낌이었던 것이다.

순식간에 이러한 내용들을 유추해 낸 이안이 다시 채팅 창에 말을 이었다.

-이안 : 혹시 퀘스트 더 진행하려면 용사의 자격이 필요했던 건가?

그리고 이안의 물음에 쌍둥이 자매와 뮤엘은 당황할 수밖에 없었다.

정령계가 첫 번째 중간계인 그들로서는 그런 유추가 가능하다는 걸 짐작할 수 없기 때문이다.

　－사라 : 헐?
　－바네사 : 뭐야, 어떻게 알았어?
　－뮤엘 : 이안 님, 뭐예요. 무섭잖아요.

　그들의 반응을 본 이안은 예상이 맞았음을 다시 한 번 확인할 수 있었다.
　'역시…….'
　고개를 주억거린 이안은 다시 채팅을 이어 갔다.
　메인 콘텐츠 진행이 더 이상 힘들다 하여도 정령수호자 샬론은 만나야 했으니 말이다.
　그리고 헤매지 않기 위해서는 그녀들로부터 정보를 얻을 필요가 있었으니까.

　－이안 : 그야 다 아는 방법이 있지.
　－바네사 : 사기꾼! 솔직히 말해. 너 GM이지?

　바네사의 반응에 피식 웃은 이안은 고개를 절레절레 저었다.

　－이안 : 바네사, 이상한 소리 하지 말고 얼른 정령수호자 좌표나 알

려 줘.

정령의 성소 맵은 이안이 예상했던 것보다 훨씬 넓었다.

성소라고 해서 작은 광장 정도의 크기인 맵을 예상했는데, 아예 산봉우리 하나 자체가 전부 '정령의 성소'의 범위 안에 있었으니 말이다.

'바네사에게 좌표를 받길 잘했어.'

이안은 눈앞에 나타난 거대한 고목古木을 보며 고개를 절레절레 저었다.

바네사의 정보에 의하면 이 고목의 꼭대기에 정령수호자 샬론이 살고 있을 터.

좌표를 받았기에 망정이지 만약 위치도 모른 채 찾아 헤맸다면 1시간 넘게 숲속을 돌아다녀야 할 뻔했다.

이 숲속에 있는 수많은 나무들 중 샬론이 살고 있는 이 나무를 찾는 것은 결코 쉬운 일이 아니었을 것이니 말이다.

"핀, 저 위로 올라가자."

꾸르륵– 꾸꾹–!

핀을 소환하여 위에 올라탄 이안은 허공으로 빠르게 솟아올랐다.

그리고 잠시 후, 나무의 꼭대기에 지어져 있는 작은 오두막을 발견할 수 있었다.

"웃차."

가벼운 몸놀림으로 그 앞에 올라선 이안은 조심스레 오두막의 앞으로 다가갔다.

그런데 그 순간, 닫혀 있던 오두막의 문이 벌컥 하고 열렸다.

"요즘은 새로운 손님들이 많이 오시는군. 심연의 계곡이 정화되어서인가?"

오두막의 문이 열리며 이안의 앞에 나타난 한 노인.

그와 눈이 마주친 이안은, 흥미로운 표정이 되었다.

노인의 외모가 지금껏 한 번도 본 적 없는 종류의 것이었기 때문이었다.

새하얗고 길게 늘어진 수염에 살짝 굽어 있는 등.

백발의 사이로 튀어나와 있는, 마치 산양山羊의 그것을 연상케 하는 커다란 뿔.

'진짜 신기하게 생겼네.'

속내를 감춘 이안이, 그를 향해 공손하게 인사를 하였다.

"반갑습니다. 혹시 정령수호자 샬론 님 되시는지요?"

이안의 물음에, 샬론은 천천히 고개를 끄덕였다.

"흠, 내 이름을 어떻게 알았는지는 모르겠지만, 그렇다네."

이안은 자연스럽게 그와의 대화를 이어 갔다.

"서리동굴에서 예뿍이라는 녀석을 만났습니다. 그녀에게서 샬론 님에 대한 이야기를 들었지요."

그리고 그 말을 들은 샬론의 눈에 이채가 어렸다.

"오호, 심연의 수호자를 만났다니. 혹시 자네는 판의 관문에 도전하였는가?"

"그렇습니다."

"모든 관문을 통과했나 보군."

"어찌 아셨습니까?"

"그야, 관문을 통과한 게 아니라면, 심연의 수호자가 나에 대한 이야기를 해 주었을 리 없으니 말일세. 껄껄."

샬론의 말을 들은 이안은, 한 가지 재밌는 가정을 세워 볼 수 있었다.

'샬론은 정령의 수호자고, 예뿍이는 심연의 수호자라……. 정령의 속성들 안에 심연이라는 속성도 존재하니, 어쩌면 정령계에 다른 속성의 수호자들도 존재할지 모르겠군.'

이안이 생각하는 동안, 샬론의 말이 다시 이어졌다.

"관문을 통과했다면 판의 유산을 얻었겠고……. 그가 남긴 정령술을 터득했겠지?"

"맞습니다."

"좋아. 판이 남긴 유산을 얻었다면, 자네에게 약간의 기대는 해 볼 수도 있겠군."

알 수 없는 이야기를 한 샬론은 오두막의 안쪽으로 턱짓을

했다.

끼이익-!

이어서 오두막의 낡은 문을 다시 연 샬론이 터벅터벅 안으로 들어갔다.

"들어오시게."

띠링-!

-조건을 충족하셨습니다.

-최초로 '샬론의 오두막'에 입장하셨습니다.

'뭐라고?'

샬론의 오두막에 들어간 순간 떠오른 새로운 메시지가 이안으로선 의아할 수밖에 없었다.

조금도 예상하지 못했던 시스템 메시지였으니 말이다.

'최초라니. 분명 쌍둥이와 뮤엘이 여긴 다녀갔을 텐데?'

이안은 알 수 없었지만, 쌍둥이 자매와 뮤엘은 이 오두막에 들어온 적이 없었다.

오두막의 밖에서 샬론을 만난 뒤 '돌풍 속으로' 퀘스트에 대한 보상만을 받고 헤어졌던 것이다.

'심연의 파수꾼' 보상부터 시작해서 제법 후한 보상들이 주어졌기에, 샬론에게 더 이상 미련이 없었던 것.

샬론이 추가로 퀘스트를 준 것도 아니었으니, 그녀들의 입장에서는 당연한 수순이었다.

그렇다면 샬론은, 왜 이안만을 특별 대우(?)한 것일까?

이안의 궁금증이 풀리기도 전에 새로운 메시지들이 연달아 떠오른다.

띠링-!

-수호자 '샬론'이 당신을 경계합니다.

-'수호의 결계'가 펼쳐졌습니다.

-'샬론의 오두막'이 강력한 결계로 봉인되었습니다.

-결계가 해제되기 전까지 '샬론의 오두막'을 빠져나갈 수 없습니다.

"……!"

이안의 의아함은, 이제 그것을 넘어 당혹스러움으로 바뀌어 버렸다.

정말이지 상상조차 하지 못했던 전개이기 때문이었다.

'아니, 난 잘못한 것도 없는데 대체 왜?'

일단 이안은 침착하기로 했다.

카일란에 이유 없이 전개되는 에피소드는 없었으니 말이다.

마른침을 꿀꺽 삼킨 이안이, 샬론을 향해 천천히 입을 열었다.

"왜 이러시는 겁니까?"

그러자 샬론이 능청스레 대꾸했다.

"뭐가 말인가?"

"결계로 절 이 안에 가두시지 않았습니까."

그에 샬론의 두 눈에 이채가 어렸다.

"오호, 대단하군. 결계까지 알아채다니 말이야."

"……!"

"하지만 걱정할 것 없네."

이안과 눈이 마주친 샬론은 잠시 뜸을 들였다.

그리고 품 속에서 특이한 빛깔을 띤 구슬 하나를 꺼내어 들었다.

"자네에게서 느껴지고 있는 기계문명의 기운에 대한 해답만 얻을 수 있다면, 내가 해를 입힐 일은 없을 테니 말일세."

"예?"

이안은 기억을 되짚어 보기 시작했다.

'기계문명의 기운이라고?'

일단 샬론이 화가 난 이유를 방금 대화를 통해 알게 되었다.

그는 성소를 지키는 수호자였고, 수호자의 입장에서 이안에게 기계문명이 느껴졌다면 적대시하는 게 당연했으니 말이다.

그러니 기억을 되짚어, 그 이유를 알아내야만 했다.

'나한테서 기계문명의 기운이 왜 느껴진다는 걸까?'

그리고 생각에 잠긴 이안을 향해 샬론이 다시 입을 열었다.

"여기 이 구슬에 휘감긴 회백색의 빛깔 보이는가?"

"예, 보이네요."

"이것이 바로, 자네가 어떤 기계문명의 힘을 가지고 있다는 증거일세. 대자연의 구슬은 거짓말을 하지 않으니 말이지."

샬론의 기세는 더욱 흉흉해졌다.

이안이 곧바로 해명하지 못했기 때문이다.

하지만 그와 별개로, 이안은 여유 있는 표정이 되어 있었다.

그와 대화를 하는 사이 생각난 것이 있었기 때문이다.

다시 샬론과 눈을 마주친 이안은 인벤토리에서 뭔가를 꺼내어 들었다.

그리고 그것을 조심스럽게 탁자에 올려놓았다.

"제게서 기계문명의 힘이 느껴진다면 아마 이 물건 때문인 것 같군요."

이안을 보고 있던 샬론의 시선이 자연스레 탁자로 향했다.

이어서 이안이 올려놓은 물건을 확인한 순간, 그의 두 눈이 커다랗게 확대되었다.

"이, 이것은?"

이안은 씨익 웃으며 한마디 덧붙였다.

"한번 확인해 보시죠."

그리고 잠시 후, 이안의 눈앞에 새로운 시스템 메시지들이 떠올랐다.

띠링-!

-조건이 충족되었습니다.

-숨겨진 퀘스트가 발동됩니다.

카일란에도 우연적 요소는 분명히 있다.

　하지만 메인 에피소드와 관련된 퀘스트 만큼은 우연히 진행되는 경우가 없다.

　즉, 모든 사건과 상황에는 분명한 인과관계가 있다는 말이다.

　그리고 당연한 얘기겠지만, 오직 이안에게만 숨겨진 퀘스트가 발동한 이유도 분명히 있었다.

　'역시 카일란에서 쓸모없는 잡템이란 존재하지 않아.'

　탁자에 올려진 어린아이 주먹만 한 크기의 작은 쇳조각.

　이것은 이안에게 처치당한 '기계파수꾼'이 드롭한 아이템인 '고대의 쇳조각'이었다.

　그리고 이안은 알 수 없는 사실이었지만, 이 고대의 쇳조각은 얻기 쉬운 물건이 아니다.

　기계파수꾼을 최초로 처치한 파티에서 가장 기여도가 높은 유저에게만 드롭되도록 설계되어 있던 아이템인 것이다.

　수호자 샬론은 이안이 꺼내 놓은 쇳조각을 조심스레 살피고 있었으며, 이안은 그 모습을 흥미로운 표정으로 지켜보고 있었다.

　'무슨 퀘스트가 등장하려나…….'

　이미 숨겨진 퀘스트가 발동한다는 메시지가 뜬 이상, 히든 퀘스트가 생성될 것임은 확실하다.

다만 어떤 종류의 어떤 보상을 줄 퀘스트가 생성될지, 그것이 이안의 관심사였다.

이안이 기분 좋은 상상을 하는 사이 쇳조각을 관찰하는 것을 끝낸 샬론이 묵직한 목소리로 입을 열었다.

"이 물건…… 어찌 얻은 것인가."

"심연의 계곡, 돌풍의 협곡 안에 있던 기계파수꾼으로부터 얻었습니다."

잠시간의 정적이 흐른 후, 샬론은 진중한 목소리로 다시 물었다.

"크흐음, 설마 녀석을 처치한 겐가?"

"그렇습니다."

"그리 쉽게 상대할 수 있는 녀석이 아니었을 텐데……."

이안은 살짝 의아한 표정이 되었다.

그가 생각하기에 심연의 계곡이 정화되었다는 건, 당연히 기계파수꾼을 누군가 처치했다는 말이었다.

그런데 지금 샬론은 기계파수꾼이 처치되었다는 사실 자체에 놀라고 있었다.

심연의 계곡 정화와 기계파수꾼 처치를 별개의 것으로 보고 있는 것이니, 뭔가 이상한 것이다.

궁금증이 생긴 이안이 그를 향해 되물었다.

"녀석을 처치하지 않고 심연의 계곡을 정화할 수 있는 방법이 있습니까?"

"뭐, 녀석을 처치하는 게 가장 좋은 방법이기는 하네만, 사실 다른 방법도 있기는 하지."

"그게 뭡니까?"

"제단이 계곡을 정화하는 동안, 녀석이 다가오지 못하게 시간만 끌어도 되는 일이니 말이야."

"아하."

탁자에 놓여 있던 쇳조각을 집어 든 샬론이 다른 손에 들고 있던 구슬을 향해 그것을 가져다 대었다.

우우웅- 우우우웅-!

그러자 강렬한 공명음이 울려 퍼지며, 구슬의 주변에 휘감긴 회백색의 빛이 거세게 휘몰아치기 시작했다.

샬론의 말이 다시 이어졌다.

"믿기 힘들지만, 어쨌든 이 물건은 진짜로군."

"당연하죠."

더해서 그의 목소리는 미세하게 떨리고 있었다.

"오해해서 미안하네. 영웅을 몰라보았군."

그의 말이 끝나자마자 익숙한 기계음이 울려 퍼졌다.

띠링-!

-'수호의 결계'가 해제됩니다.

-샬론이 당신에 대한 경계를 풀었습니다.

-정령수호자 '샬론'과의 친밀도가 10만큼 증가합니다.

이어서 기다렸던 '돌풍 속으로' 퀘스트에 대한 보상 메시지가 떠올랐다.

 -'돌풍 속으로(에픽)(히든)' 퀘스트를 성공적으로 완수하셨습니다!

 -초월 경험치를 1,050만큼 획득합니다.

 -명성을 20만 만큼 획득합니다.

 -특별한 조건을 충족하였습니다.

 -클리어 등급의 티어가 한 단계 상승합니다.

 -클리어 등급 : SS⁺

 -S이상의 등급으로 클리어하셨습니다.

 -정령 마력(초월)을 100만큼 획득합니다.

 -소환 마력(초월)을 70만큼 획득합니다.

 -'심연의 파수꾼(전설)' 칭호를 획득하셨습니다.

줄줄이 떠오르는 보상 메시지에, 이안의 양쪽 입꼬리가 저도 모르게 말려 올라갔다.

정령 마력과 소환 마력 스텟 보상도 어마어마했고, 특히 초월 경험치를 1천이 넘게 받은 것이 기분 좋았기 때문이었다.

아마 천이 넘는 초월 경험치를 올리려면, 아무리 이안이라 해도 하루 종일 사냥했어야 할 수준이니 말이다.

게다가 보상은 거기서 끝이 아니었다.

 -'고대의 정령소환 마법진' 아이템을 획득하였습니다.

 -'화염의 상급 원소 결정' 아이템을 획득하셨습니다.

 -'중급 대자연의 구슬' 아이템을 획득하셨습니다.

그것들을 확인한 이안의 두 눈이, 휘둥그레졌다.

"체스크, 뮤엘 님은 왜 합류 안 하신 거야?"

"몰라. 그쪽 길드에서 일이 있나 보던데. 다크 어비스 공략하는데 힐러가 부족했나 봐."

"흠, 뭐 그럴 수도 있지."

"그나저나 랄프."

"응?"

"이번엔 확실히 클리어 가능한 거겠지?"

"걱정 마, 체스크. 지난번이랑은 전력 자체가 다르잖아."

"하긴 그것도 그래."

바람의 평원 끝자락.

심연의 계곡 진입로에, 일단의 무리들이 줄지어 움직이고 있었다.

그들은 바로, 랄프와 체스크를 선두로 한 미국 서버의 랭커들.

지난 '돌풍 속으로' 퀘스트 트라이에서 랄프를 비롯한 세 사람은 이안 일행과 달리 실패하고 말았다.

계곡을 정화하던 제단이 멈춰 버리자 던전 밖으로 도주해 버렸기 때문이다.

물론 이안 일행이 기계파수꾼을 처치할 것이라는 사실을 알고 있었더라면, 그들은 도주하지 않고 버텼을 것이다.

　　그럼 자연스럽게 퀘스트를 클리어하게 되니 말이다.

　　하지만 이안 일행의 전력이 자신들보다 한참 아래라고 생각하고 있던 랄프 삼인방이, 그런 가정을 염두에 두었을 리 없었다.

　　그들은 이안을 비롯한 네 사람이 전부 전멸했을 것이라 생각했고, 때문에 후일을 도모하기로 했던 것이다.

　　그래서 랄프 일행은 정말 만만의 준비를 해서 계곡으로 돌아왔다.

　　콘텐츠를 독식하겠다는 욕심을 버리고, 정예 멤버들로 구성된 열 명이 넘는 풀 파티를 만들어 온 것이다.

　　하지만 심연의 계곡에 진입하면서 그들은 뭔가 잘못되었다는 것을 느끼기 시작했다.

　　"랄프 형, 체스크 형."

　　"왜 그래, 이니스코?"

　　"뭔데?"

　　"여기 좀 이상하지 않아?"

　　"뭐가?"

　　"지난번이랑 너무 다른데? 맵 자체가 뭔가 화사해진 느낌인 데다, 구조도 많이 달라졌어."

　　"……!"

"게다가 오염된 정령들이 나타나질 않잖아?"

생각 없이 계곡에 진입하고 있던 랄프와 체스크는 이니스코의 말에 주변을 두리번거려 보았다.

그리고 두 사람의 표정은 점점 굳어 갔다.

"뭐지? 이니스코 말이 맞는데?"

"설……마. 그 사이에 다른 놈들이 퀘스트를 클리어하기라도 한 건가?"

"에이, 설마……!"

상황의 심각성을 깨달은 랄프 파티는 속도를 높여 더 빠르게 계곡의 내부로 진입하기 시작했다.

그리고 돌풍의 협곡에 도착한 순간…….

"하."

"제기랄."

"미친……!"

세 사람의 입에서, 동시에 허탈함의 탄성이 새어 나왔다.

새카만 결계로 막혀 있어야 할 제단의 뒤쪽에서 환한 빛이 뿜어져 들어오고 있었기 때문이었다.

누군가 먼저 퀘스트를 클리어했다는 사실도 충분히 배가 아팠지만, 더 허탈한 이유는 따로 있었다.

퀘스트 자체가 사라졌다는 얘기는 '돌풍 속으로' 퀘스트가 1회성 퀘스트였다는 말이었으니까.

쉽게 말해 '한정판' 퀘스트를 놓친 것이나 다름없었으니 말이다.

그리고 대부분, 1회성 퀘스트의 보상이 일반적인 퀘스트보다 더 후한 보상을 주는 경우가 많았다.

퀘스트를 빼앗겼다고 생각한 세 사람은 이를 갈며 하얀 포털을 노려보았다.

"서둘러 들어가자."

"그래, 어떤 놈들인지는 몰라도 퀘스트 클리어한 지는 얼마 되지 않았을 거야."

안일하게 움직인 탓에 퀘스트를 뺏기긴 했지만, 다른 콘텐츠들만은 선점하리라 생각하는 그들이었다.

이안이 퀘스트 완료 보상으로 얻은 세 가지 아이템 중, '화염의 상급 원소 결정'은 이미 알고 있었던 종류의 아이템이었다.

정령계에 진입하기 전 그리퍼가 건네주었던, '태초의 마룡' 연성 레시피.

그 레시피에 '원소 결정'이 재료로 들어가 있었으니 말이다.

물론 레시피에 필요한 원소 결정은 '최상급'의 등급이었고, 이안이 얻은 원소 결정의 등급은 '상급'에 불과하다.

하지만 그리퍼는 이런 말을 했었다.

"원소 결정은 가능하면 많이 구해 오시게. '태초의 마룡'을 연성해 내기 위한 레시피에도 필요하지만, 강력한 아티팩트를 만들기 위한 재료로도 많이 쓰이는 물건이니까 말이야."

때문에 이안은 '원소 결정'이라는 아이템의 쓰임새를 어렴풋이나마 알고 있었다.

그리고 '고대의 정령 소환 마법진'도 마찬가지다.

물론 처음 보는 물건이긴 하였으나, 아이템의 이름만으로도 용도를 유추해 볼 수 있었으니 말이다.

하지만 마지막 하나의 아이템만은 전혀 어떤 물건인지 알 수 없었다.

'중급 대자연의 구슬이라……. 대체 뭘까?'

때문에 이안은, 이 아이템의 정보 창부터 먼저 확인해 보았다.

중급 대자연의 구슬

등급 : 유일 (초월)　　　　　　**분류 : 잡화**

강력한 대자연의 기운이 응축된, 신비로운 구슬이다.

정령이 이 구슬을 흡수한다면, 순식간에 대량의 정령력을 획득할 수 있다.

*정령에게 사용하는 즉시, 해당 정령의 정령력이 6,000만큼 증가합니다.

"……!"

아이템의 정보 창을 확인한 이안은 순간 두 눈을 부릅뜰 수밖에 없었다.

'정령력 6,000이 한 번에 증가한다고?'

아이템 정보 창을 읽는 것만으로도 '대자연의 구슬'이라는 아이템의 가치가 확 와 닿았기 때문이었다.

'가만, 생각해 보자…… 쩩이가 진화하는 데 필요한 정령력이 5천이었지?'

현재 중급 정령인 쩩이가 상급 정령으로 진화하기 위해선, 총 5천의 정령력이 필요하다.

그리고 하급 정령이었던 쩩이를 중급 정령으로 진화시키는 데 필요했던 정령력이 1천.

그 말인 즉, 하급 정령인 쩩이에게 이 대자연의 구슬을 먹인다면, 곧바로 상급 정령이 된다는 얘기였다.

정령을 진화시키는 게 얼마나 어려운지 아는 이안으로서는, 그야말로 대박 아이템이라는 생각밖에 들지 않는 것이다.

'대박! 일단 이건 아껴야겠어. 사대 정령을 얻으면 바로 사용해야지.'

입이 귀에 걸린 이안은 서둘러 다음 아이템을 확인해 보았다.

상급 원소 결정이야 따로 확인해 볼 필요가 없었지만, '고대의 정령소환 마법진'은 구체적인 정보를 봐야 했기 때문이다.

황금빛 기운이 일렁이는 신비한 양피지 조각.

아이템 정보를 전부 확인한 이안의 두 눈이 반짝이기 시작
했다.

'예뿍이의 말대로군. 사대정령을 소환의 단서는 샬론에게
있었어.'

어찌 보면 이안에게 가장 필요했던 아이템이 바로 이 '고
대의 정령 소환 마법진'이었다.

그가 정령계에서 가장 얻고 싶었던 것이 사대 정령이었으
니 말이다.

그리고 그중에서도 이안이 원하는 속성은 정령왕으로 성
장할 수 있는 바람의 정령이나 불의 정령.

때문에 이 마법진은 이안에게 완벽히 맞춤형이라고 할 수

있었다.

정보 창 하단에 쓰인 세부 옵션을 잘 이용한다면, 원하는
속성의 정령을 얻을 수 있을 테니까.

이안은 세부 옵션을 다시 한 번 곱씹으며 양피지 조각을
꾹 말아 쥐었다.

'어디 보자……. 불이나 바람의 정령을 얻으려면, 해당 속
성의 정수를 집어 넣어야겠네?'

비슷한 느낌이긴 하지만, '속성의 정수'와 '원소 결정'은 다
른 아이템이다.

둘 다 정령계의 정령들을 처치하면 얻을 수 있는 아이템이
기는 하지만, '정수'가 '결정'에 비해 훨씬 흔한 아이템이었으
며 용도도 완전히 달랐다.

원래 이 '정수'의 용도는 해당 속성의 정령에게 흡수시켜
정령력을 증가시키는 데 쓰이는 것이었으니 말이다.

'그리고 나한테는 불의 상급 정수가 있지.'

'기계파수꾼 처치' 퀘스트를 클리어하고 얻었던 상급 속성
의 정수.

그것의 속성이 바로 '화염'이었고, 이안은 더 이상 망설일
생각이 없었다.

어차피 상급보다 더 높은 등급의 정수를 언제 얻게 될지도
확신할 수 없다.

"샬론."

"말씀하시게."

"이 마법진……. 지금 여기서 써 봐도 될까요?"

이안의 물음에 샬론이 고개를 끄덕이며 미소를 지어 보였다.

"물론일세. 정령력이 충만한 이 성소 안에서 사용한다면, 분명 훌륭한 정령이 소환될 것일세."

"그렇군요."

"그리고 나 또한 궁금하다네. 기계파수꾼을 처치한 영웅의 부름에 어떤 정령이 응답하는지 말이야."

고개를 끄덕인 이안은 양피지를 움켜쥔 양손에 천천히 힘을 주었다.

그러자 황금빛으로 빛나던 양피지 조각은 세로로 길게 찢어졌고…….

찌이익-!

그와 동시에 새하얀 빛 무리가 뿜어져 나오기 시작했다.

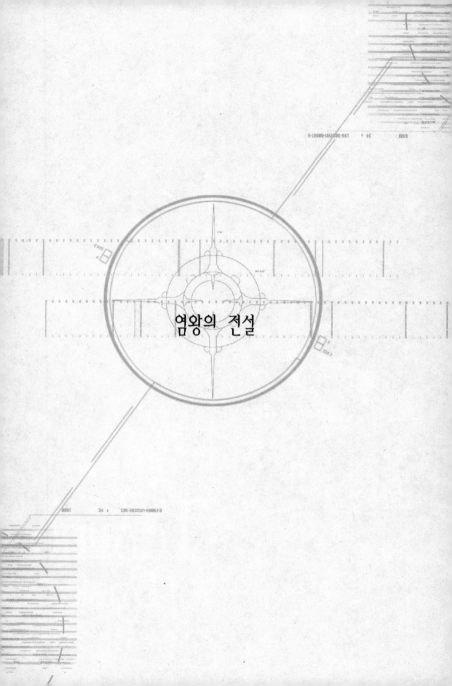

염왕의 전설

Taming
Master

　"자, 팀장들 전부 다 모였지?"

　"그렇습니다, 본부장님."

　"그럼 슬슬 회의 시작해 볼까?"

　카일란의 기획 팀은 여러 번의 변천사를 거쳐 왔다.

　처음에는 세 개의 팀에서 시작했지만, 게임의 규모가 커지면서 계속해서 조직 구조가 개편된 것이다.

　하여 지금은 총 일곱 개의 기획 팀과 한 개의 디자인 팀으로 구성된, 하나의 '기획본부'로 재탄생하였다.

　그리고 기획본부의 본부장은 과거 기획 팀 전체를 총괄하던 김인천이었다.

　끼익.

김인천이 문을 열고 들어오자, 회의실에 앉아 있던 총 여덟 명의 팀장이 자리에서 일어났다.

"자, 다들 앉으시게. 오늘 회의에는 중요한 안건이 많아."

모두가 착석하고 나자 김인천은 면면을 한 번씩 쭉 둘러보았다.

그리고 왼편에 앉아 있는 나지찬을 향해 피식 웃어 보이며 입을 열었다.

"우리 지찬이가 벌써 팀장이라니, 이거 이거, 감개가 무량한데?"

"하하, 별말씀을 다 하십니다, 본부장님."

나지찬은 김인천이 팀장이던 시절, 공개 채용으로 직접 뽑은 기획 팀의 말단 사원이었다.

한데 탁월한 실적을 쌓으면서, 어느새 팀장의 자리에 앉게 된 것이다.

나지찬의 옆에 앉아 있던 김의환이 투덜거리며 입을 열었다.

그는 나지찬이 처음 입사했을 때부터 1년이 넘게 그의 사수 역할을 했었던 인물이었다.

"얘 요즘 자꾸 기어오릅니다, 본부장님. 이제는 같은 팀장이라 그런지, 제 말은 씨알도 안 먹혀요."

"에이, 제가 언제 말입니까."

"바로 지금이다, 이 자식아."

그리고 둘의 투닥거리는 모습을 보며, 다른 팀장들이 고개를 절레절레 저었다.

"큭큭"

"저 둘은 만나기만 하면 항상 시끄럽네."

"뭐 사이좋고, 보기 좋잖아요?"

나지찬은 LB사에서 유례가 없을 정도로 빠르게 고속 승진을 한 케이스였지만, 다른 팀장들은 전혀 그를 시기하거나 질투하지 않았다.

그 이유는 간단하다.

LB사 전체를 통틀어 봐도, 나지찬처럼 열심히 그리고 많은 일을 하는 사원은 없었으니 말이다.

근무 시간도 시간이지만, 근무 실적은 정말 평범한 다른 사원의 두 배에 육박하는 나지찬이었다.

"자, 잡담들은 그만하고."

묵직한 목소리로 소란을 잠재운 김인천이 스크린을 향해 리모컨을 눌렀다.

그러자 하얀 화면이 떠오르며, 여러 가지 그래프들이 나타났다.

"오늘 회의 주제는 다들 숙지하고 있겠지."

이어서 팀장들의 시선이 스크린에 모였다.

그리고 그 스크린의 맨위에는, 굵은 글씨로 한 줄의 문구가 쓰여 있었다.

－서버별 랭커 현황.

'흠, 이거 의외의 지표가 좀 많은데?'

스크린의 그래프들을 하나씩 훑어보던 나지찬의 얼굴에는, 흥미로운 표정이 떠올라 있었다.

나지찬은 팀장이 된 뒤 맡은 프로젝트들이 많아진 탓에 한동안 이안의 모니터링을 하지 못했다.

그런데 그 사이, 이안의 레벨 랭킹이 많이 떨어져 있었던 것이다.

'이런 적이 없었는데……. 20위권이라니.'

전 세계에 존재하는 카일란 서버는, 총 서른 개도 넘는다.

때문에 20위권이라 하여도, 사실상 각 서버에선 랭킹 1위인 경우가 많았다.

그리고 1위와 20위의 레벨 차이도 끽해야 2~3정도밖에 나지 않는다.

하지만 그렇다 하여도, 항상 1~5위 사이를 유지하던 이안이 20위까지 내려간 것은 나지찬에게 충격으로 다가올 수밖에 없었다.

'대체 뭘까? 한 10위권이면 몰라도……. 이럴 리가 없는데.'

탁자에 있던 스마트 태블릿을 연 나지찬은, 세부 차트를 오픈해 보았다.

그리고 곧 흥미로운 사실을 발견할 수 있었다.

'이안의 레벨이 벌써 삼주 째 그대로잖아?'

그렇다고 이안이 플레이를 쉬거나 한 것은 아니었다.

그는 여느 때처럼 거의 풀타임 접속이었다.

'대체 뭘 한 거지?'

더욱 흥미가 돋은 나지찬은 이안과 관련된 데이터들을 하나씩 뜯어 보기 시작했다.

그러자 오래지 않아, 이안의 레벨이 그대로인 이유를 알아낼 수 있었다.

"중간계!"

"나 팀장, 뭐라고?"

"아, 아닙니다, 본부장님."

본부장의 관심을 다시 다른 데로 돌린 나지찬은, 실실 웃으며 이안의 차트를 응시했다.

'역시……. 아무 이유 없이 이안갓의 랭킹이 떨어졌을 리가 없지.'

나지찬의 시선이, 태블릿의 중간쯤에 떠올라 있는 하나의 그래프에 고정되었다.

그리고 그 그래프에는 이안의 플레이 점수가 압도적인 1위로 박혀 있었다.

초월 레벨 6과 7.

1레벨 정도의 차이가 뭐라고 '압도적'이라는 표현을 쓰냐 할 수도 있지만, 이것은 일반적인 레벨이 아닌 초월 레벨이다.

경험치 체계 자체가 지상계에서의 레벨과는 그 궤를 달리하는 것이다.

그리고 그중에서도 1~10레벨 사이의 경험치 테이블이 좀 더 특이했는데, 초월 레벨 10레벨을 찍는 것이 무척이나 어렵도록 설계되어 있었다.

특히 6레벨부터는, 레벨을 올리는 데 필요한 경험치가 기하급수적으로 증가한다.

예를 하나 들자면, 6레벨에서 7레벨 만드는 데 필요한 시간이, 1레벨에서 5레벨이 되는 데 필요한 시간보다 훨씬 길다.

'2위랑 경험치 차이가……. 필드 사냥으로 따지면 거의 보름치 수준이군.'

게다가 흥미로운 것은 이것뿐만이 아니었다.

초월 레벨 랭킹 아래쪽부터 나열되어 있는 랭킹 차트들의 최상단에, 죄다 이안의 이름이 박혀 있었던 것이다.

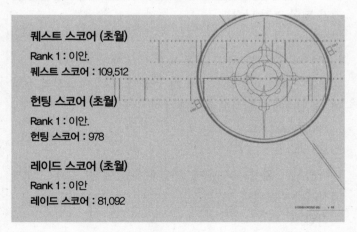

퀘스트 스코어 (초월)

Rank 1 : 이안.
퀘스트 스코어 : 109,512

헌팅 스코어 (초월)

Rank 1 : 이안.
헌팅 스코어 : 978

레이드 스코어 (초월)

Rank 1 : 이안
레이드 스코어 : 81,092

그런데 잠시 후, 히죽거리며 차트를 내리던 나지찬의 두 눈이 살짝 확대되었다.

'어어……?'

이안이 진행 중인 퀘스트 목록에 아직까지 나와서는 안 되는 이름이 보였기 때문이었다.

─진행 중인 퀘스트 : 정령산의 오염된 광산(에픽)(히든)

이안의 눈앞에 두둥실 떠오른, 눈이 부시도록 하얀 빛의 구체.

그것은 곧 꿈틀거리기 시작하더니 이내 수십 갈래의 빛줄기가 되어 퍼져 나갔다.

"오……."

이안의 입에서 자신도 모르게 탄성이 새어 나왔다.

빛줄기들이 허공을 수놓으며 만들어 내는 마법진의 문양이, 엄청나게 복잡하고 화려했기 때문이었다.

그리고 잠시 후.

우우웅─!

마법진이 완성되고 나자, 이안의 눈앞에 한 줄의 시스템 메시지가 떠올랐다.

띠링─!

─고대의 소환 마법진이 완성되었습니다.

−소환 매개체를 선택할 수 있습니다. (속성의 정수)

이안은 인벤토리를 열었다.

그리고 그 안에 있는 수많은 오색빛깔의 구슬 중 가장 크고 붉게 빛나는 구슬을 집어 들었다.

'제발 불의 정령……!'

이어서 한차례 심호흡을 한 이안은 마법진을 발동시켰다.

−매개체를 선택하셨습니다.

−마법진이 발동합니다.

위이잉−!

마법진의 중앙에 올려진 붉은 화염의 정수가, 더욱 시뻘겋게 빛나기 시작했다.

그리고 본래 하얀 빛을 띠고 있던 마법진의 문양들이, 점차 붉은 빛으로 물들어 갔다.

"……!"

샬론의 오두막을 한 가득 채운, 고대의 소환 마법진.

이안과 샬론의 시선은 마법진의 한가운데에 고정되어 있었고, 붉게 물든 마법진의 문양들은 빠르게 회전하며 점차 하나의 모양으로 합쳐져 갔다.

콰아아−!

이어서 그 문양의 한 가운데, 붉은 화염의 기둥이 뿜어져 올라왔다.

띠링−!

−고대의 소환 마법진이 성공적으로 작동하였습니다!

−사대정령 소환 확률이 증가합니다!

−화염의 상급 정수가 소멸하였습니다.

−화염의 정령 소환 확률이 증가합니다!

−정령의 힘이 증폭되었습니다.

−강력한 화염의 기운이 소환됩니다.

마법진에서부터 뿜어져 올라온 거대한 불기둥의 사이로, 희미한 그림자 하나가 이안의 시야에 들어왔다.

그리고 그것은, 점차 선명한 형체를 만들어 나가기 시작했다.

"음……?"

집중해서 그것을 보고 있던 이안은 고개를 갸웃하였다.

불기둥 속에 선명해져 가는 실루엣이 상상하던 것과 너무 달랐기 때문이었다.

'뭐지? 저건 마치…… 달걀 같은 모양이잖아?'

하지만 이안의 옆에 있던 샬론은 그와 완전히 상반되는 반응이었다.

"오오, 이럴 수가!"

믿을 수 없다는 듯 입을 쩍 벌린 채 굳어버린 샬론.

이어서 이안의 눈앞에, 새로운 시스템 메시지가 떠올랐다.

띠링−!

−정령의 소환이 완료되었습니다.

―최하급 화염의 정령, '홍염의 알'이 소환되었습니다.

―정령과 계약하시겠습니까?

어느새 타오르던 불기둥은 전부 사그라들고, 이안의 눈앞에 홀로 다소곳이(?) 떠올라 있는 붉은 구체.

순간 무슨 상황인지 이해하지 못한 이안은, 두 눈을 꿈뻑일 뿐이었다.

이안은 혼란스러웠다.

'정령에 알이라는 개념도 있었어?'

일단 화염의 정령이 소환되었으니, 원하던 녀석을 얻었다고 할 수는 있었다.

하지만 이안이 기대했던 것은, 최하급 화염의 정령인 샐러맨더였다.

애초에 이런 알이 소환될 수 있다는 사실조차 몰랐으니 말이다.

하지만 그 혼란은 오래가지 않았다.

'이걸 부화시키면, 샐러맨더가 나오는 건가?'

어쨌든 불의 정령을 얻는 데는 성공했으니, 시간이 좀 더 걸리더라도 부화시켜서 키우면 될 것이니까.

이안은 일단, 녀석의 정보 창을 오픈해 보았다.

'다행히 부화시키는 게 어렵지는 않네.'

만약 이안이 정령술을 배우기 전이었다면, 알을 부화시키
는 게 거의 불가능했을 것이었다.

정령술을 배우기 전에는 '정수'를 정령에게 사용하는 게 불
가능했었으니 말이다.

하지만 이제는 아니다.

지금까지 정령계에서 사냥하며 모아 놓은 최하급~하급
정수만 전부 먹여도, 거의 절반 이상의 정령력이 차오를 테
니 말이다.

게다가 이안에게는, 퀘스트를 클리어하고 획득한 '대자연

의 구슬' 아이템도 있었다.

'흐흐, 일단 정수부터 전부 사용해 볼까?'

이안은 인벤토리에 채워져 있던 화염의 정수들을 죄다 사용하기 시작했다.

-'화염의 최하급 정수' 아이템을 사용합니다.

-'홍염의 알' 정령의 정령력이 2만큼 증가합니다.

-'화염의 하급 정수' 아이템을 사용합니다.

-'홍염의 알' 정령의 정령력이 14만큼 증가합니다.

그리고 이안의 뒤에 선 샬론은 말을 잃은 채 그 모습을 지켜보고 있었다.

'염왕炎王의 전설이 깨어나다니……'

"자네, 혹시 염왕의 전설에 대해 알고 있는가?"

뜬금없는 샬론의 말에, 이안은 정수 사용을 멈추고 그를 향해 시선을 돌렸다.

"아뇨, 처음 듣는데……. 염왕이 뭐죠?"

마른침을 살짝 삼킨 샬론이, 다시 말을 잇기 시작했다.

"염왕. 말 그대로, 화염의 제왕일세. 그리고 염왕의 전설이란……."

"……?"

"화염의 정령들 중, 가끔 한계 이상의 화기를 머금고 태어나는 아이가 있는데……. 녀석이 정령왕으로 성장하면 '염왕'이 된다는 전설이지."

샬론의 말에, 이안의 두 눈이 반짝이기 시작했다.

'오호, 이거 뭔가, 히든피스의 냄새가 나는데?'

샬론이 아무런 이유 없이 이러한 얘기를 꺼냈을 리는 없다.

때문에, 이안의 마음속에 기대감이 부풀기 시작했다.

"혹시 이 홍염의 알이, 염왕의 기운을 가지고 있는 건가요?"

그리고 샬론의 대답은, 이안의 기대에 완벽히 부응하였다.

"그렇다네. 일반적인 정령은, 저렇게 알에서 태어나지 않거든."

"아……!"

"게다가 지금 느껴지는 이 화염의 기운……. 이건 적어도 중급 이상의 정령에게서나 느껴질 만한 기운일세."

이안은 점점 더 흥미진진한 표정이 되었고 잠시 뜸을 들인 샬론이 다시 입을 열었다.

"그런데 아직 태어나지도 않은 정령이 이만한 화기를 가졌다는 건……."

두 사람의 시선이, 동시에 홍염의 알을 향했다.

이안이 화염의 정수를 죄다 먹여서인지, 알은 처음 나타났을 때보다 더욱 빨갛게 타오르고 있었다.

"분명해. 이 녀석은 분명 염왕의 재목이야."

"크!"

이안의 입에서 감탄사가 터져 나왔다.

'화염의 제왕이라니! 이름만 봐도 간지가 철철 넘치잖아?'

실실 웃음이 새어 나오려는 것을 겨우 참은 이안은, 품 속에서 대자연의 구슬을 꺼내어 들었다.

이어서 샬론을 향해 말했다.

"샬론 님도 어떤 녀석이 나올지 궁금하시죠?"

"물론이지."

"그럼 지금 한번, 부화시켜 보겠습니다."

샬론은 고개를 끄덕이며 대답했다.

"그래. 모르긴 몰라도 그 대자연의 구슬이라면, 녀석을 부화시키는 데에는 부족함이 없겠지."

그는 이어서 한마디를 덧붙였다.

"하지만 너무 기대하지는 마시게."

"……?"

"녀석이 염왕의 씨앗인 것은 분명하나, 진짜 염왕이 되기 전까지는 다른 사대 정령들보다 딱히 대단하지 않기 때문일세."

"그, 그렇군요."

이안은 살짝 아쉬운 표정이 되었다.

당장에 써먹을 전력으로 키울 수 있을 것이라 기대했었기 때문이다.

'뭐, 정령왕까지 얼마나 걸릴진 모르겠지만……. 그래도 평범한 불의 정령보다야 훨씬 낫지.'

이안의 시선이 다시 홍염의 알을 향한다.

"후우……!"

이어서 한차례 심호흡을 한 그는, 대자연의 구슬을 천천히 알의 앞으로 가져다 대었다.

"자, 부화해라!"

그와 동시에, 대자연의 구슬이 하얗게 빛나기 시작했다.

띠링-!

-'대자연의 구슬' 아이템을 사용하였습니다.

-최하급 정령 '홍염의 알'의 정령력이 6,000만큼 증가합니다.

-조건이 충족되었습니다.

-'홍염의 알'이 깨어납니다.

쩌적- 쩍- 쩍-!

흡사 바위가 쪼개지는 듯한 소리와 함께, 타조알 만한 크기의 홍염의 알에 균열이 일기 시작했다.

구슬에서 나온 빛이 알에 스며들수록 알은 점점 더 붉게 타올랐고, 균열은 점차 알의 표면 전체로 퍼져 나갔다.

쩌저정-!

이어서 커다란 파열음과 함께, 갈라진 틈 사이로 불길이 치솟아 올랐다.

그리고 잠시 후.

퍼엉-!

알의 껍질이 사방으로 비산하며, 작은 그림자 하나가 모습을 드러내었다.

띠링-!

ㅡ화염의 최하급 정령, '아그비'를 획득하셨습니다.

ㅡ최초로 '사대 정령'을 획득하셨습니다!

ㅡ초월 경험치를 500만큼 획득합니다.

ㅡ명성을 15만 만큼 획득합니다.

ㅡ정령 마력(초월)을 100만큼 획득합니다.

ㅡ소환 마력(초월)을 70만큼 획득합니다.

ㅡ이제부터 화염 속성의 정령 마법을 사용할 수 있습니다.

ㅡ화염 속성 저항력이 +3만큼 증가합니다.

ㅡ화염 속성 공격의 위력이 2퍼센트만큼 증가합니다.

이어서 이안의 눈앞에, 주르륵 하고 '아그비'의 정보 창이 떠올랐다.

아그비(화염의 정령)
정령력 : 5,925/10,000
속성 : 화염　　　　　　　　　등급 : 하급 정령
소환 지속 시간 : 225분 (재소환 대기 시간 : 300분)
공격력 : 1,225　　　　　　　　방어력 : 717
민첩성 : 937　　　　　　　　　생명력 : 15,750

'아그비'라는 이름의 작고 귀여운 정령.

녀석의 외형은 작은 뿔과 뾰족한 꼬리가 달린 인간의 형태였고, 그것은 마치 꼬마 악마를 연상케 하는 모습이었다.

"오!"

그리고 다른 사대 정령들보다 딱히 대단하지 않다는 샬론의 얘기와 달리, 이안은 이 녀석의 상태 창을 읽어 내려 가면서 충분히 놀라는 중이었다.

'이거 재밌는데……?'

우선 이안이 가장 처음 놀란 부분은, 아그비의 고유 능력이 두 개나 된다는 점이었다.

이것은 쨱이랑 비교했을 때, 엄청나게 우월한 것이었으니 말이다.

쨱이의 경우 하급 정령일 때 아무런 고유 능력이 없었고, 중급 정령이 되고 나서야 하나가 생겨났다.

한데 이 아그비라는 녀석은, 하급 정령임에도 불구하고 벌써 두 개나 되는 고유 능력을 가지고 있다.

'그렇다는 말은, 이 녀석이 중급 정령이 되었을 때 고유능력이 세 개가 될지도 모른다는 얘기지.'

게다가 여기서 끝이 아니다.

전투 능력 또한, 이안이 예상했던 것보다 훨씬 뛰어났으니 말이다.

아그비의 전투 능력은, 하급 정령임에도 불구하고 중급 정령인 쨱이보다 뛰어났다.

심지어 공격력의 경우는 이안이 가진 어떤 소환수보다 뛰어났으니, 이것은 이안이 기대했던 수준을 훨씬 상회하는 것이다.

'이 녀석이 다른 사대 정령보다 딱히 대단하지 않다는 건……. 사대 정령들은 다 이 정도 능력치를 가지고 있다는 걸까?'

물론 긍정적인 부분만 있는 것은 아니다.

모든 면에서 쩍이보다 우월한 반면, 진화하는 데 필요한 정령력의 수치가 어마어마하게 높았으니까.

쩍이가 중급 정령이 될 때 필요했던 정령력이 1,000이니, 이 녀석은 그에 열 배에 해당하는 정령력을 필요로 했다.

쉽게 말해, 진화시키기가 열 배는 힘들다는 얘기다.

이런저런 궁금증이 생긴 이안이, 샬론을 불렀다.

"샬론 님."

"말씀하시게."

지지직―!

쩍이를 소환해 낸 이안이, 다시 말을 이었다.

"제가 데리고 있는 소환수인데, 중급 전격의 정령이거든요."

쩍쩍거리며 날아다니는 쩍이를 한 번 응시한 샬론이, 대수롭지 않은 표정으로 고개를 끄덕이며 대답했다.

"그렇구만."

"한데 이 녀석과 아그비의 전투력 차이가 너무 심해요. 예쁘이의 말에 의하면 사대 정령이나 일반 정령이나 전투력 차이가 크지 않다고 했었는데……. 아그비가 염왕의 씨앗이라 특별히 강한 걸까요?"

이안의 질문에 샬론은 곧바로 고개를 저었다.

"그건 아닐세."

"음……?"

"나도 정확히는 모르지만, 아마 아그비의 전투력은 다른 사대 정령들과 비슷할 거야."

"그럼, 예뿍이가 했던 말이 틀린 건가요?"

샬론은 다시 한 번 고개를 저었다.

"그 또한 아닐세."

"⋯⋯?"

"단지 자네가 가진 전격의 정령이, '고속 성장형'이기 때문이지."

"고속⋯⋯ 성장형⋯⋯?"

샬론의 말에 의하면, 사대정령이 아닌 일반적인 정령들의 경우 능력치가 천차만별이라고 했다.

쩍이의 경우 전투력이 낮게 설정되어 있는 대신, 성장하는 데 필요한 정령력이 무척이나 낮은 케이스라는 것이다.

그리고 그 말을 듣자마자, 이안은 절로 고개를 끄덕일 수 있었다.

'어쩐지⋯⋯. 필요 정령력 차이가 너무 크다 했어.'

진화하는 데 필요한 정령력 차이까지 계산해 보면, 아그비의 전투능력은 확실히 납득되는 수준이었으니 말이다.

이안은 머릿속을 정리하기 시작했다.

정령 콘텐츠는 정말이지 까도 까도 끝이 없었다.

하지만 그럼에도 불구하고 확실한 것 한 가지는, 이번에 얻은 '아그비'라는 녀석이 무척이나 특별한 정령이라는 것이었다.

"후후."

이안은 한시라도 빨리, 녀석을 실전에서 써 보고 싶었다.

또, 얼른 키워서 정령왕으로 진화시켜 보고 싶었다.

'그러기 위해선, 먼저 화염 속성의 정령 마법을 배워야겠지.'

기분이 좋아진 이안은, 허공에 둥둥 떠 있는 아그비를 슬쩍 응시하였다.

그리고 녀석의 아담한 등짝을 쓰다듬으며, 중얼거리듯 이야기했다.

"앞으로 잘해 보자 꼬마야."

그런데 그때, 녀석의 입이 열리면서 불쑥 말이 튀어나왔다.

-반갑다. 주인아.

"……?"

놀란 이안의 두 눈이, 살짝 커졌다.

"너……. 말을 할 수 있네?"

지금까지 이안은 말을 할 수 있는 정령을 본 적이 없다.

때문에 정령인 아그비가 말을 하는 것이 무척이나 신기한 것이었다.

옆에서 이안을 지켜보고 있던 샬론이 슬쩍 끼어들었다.

"후후, 정령이 말하는 것을 처음 본 겐가?"

"그렇습니다."

샬론은 한차례 껄껄 웃은 뒤, 다시 말을 이었다.

"모든 정령은 원래 말을 할 수 있다네."

"예?"

"다만 급이 낮은 정령들은, 인간과 소통하는 것이 불가능할 뿐이지. 최하급 정령들도, 정령끼리는 대화를 할 수 있다네."

"아, 그렇군요!"

샬론은 아그비를 향해 시선을 옮겼다.

"보통 정령이 인간과 소통하려면 상급 이상은 되어야 하는데…… 확실히 이 녀석이 물건이긴 하군."

샬론의 말을 들은 이안은 더욱 기분이 좋아졌다.

새로 얻은 정령이 뛰어나다는데, 기분이 좋지 않을 수 없는 것이다.

이안은 아그비를 쓰다듬으며, 다짐하듯 말했다.

"잘 키워 보겠습니다, 샬론."

"후후. 꼭 그래야만 하네. 염왕의 씨앗은, 정말로 귀한 녀석이니 말이야."

"꼭 정령왕으로 성장시켜 보이겠습니다."

"기계파수꾼을 처치한 자네라면 믿어도 되겠지."

이안과 눈이 마주친 샬론은, 인자한 미소를 베어 물었다.

그리고 이안을 향해, 다시 입을 열었다.

"그래서 말인데……."

"말씀하시죠, 샬론."

"혹시 내 부탁 하나 들어줄 수 있겠는가?"

샬론의 말을 들은 이안의 눈이 다시 빛나기 시작했다.

퀘스트가 발동하기를 기다리고 있었던 것이다.

'숨겨진 퀘스트라는 게 드디어 나오는 건가?'

이안은 재빨리 샬론의 말에 대답하였다.

"물론입니다. 제가 할 수 있는 것이라면 얼마든지요."

이안의 흔쾌한 대답에, 샬론은 기분 좋은 표정이 되었다.

"허허, 고마우이. 오래 전부터 골치 아픈 일이 하나 있었는데, 믿을 만한 친구가 없어서 아직까지 맡기질 못했다네."

이어서 이안의 눈앞에, 새로운 시스템 메시지 한 줄이 떠올랐다.

띠링-!

-'정령산의 오염된 광산 (에픽)(히든)' 퀘스트가 발동합니다.

'이건 내 기억에 분명 중간자 타이틀을 달아야 진행 가능한 퀘스트인데⋯⋯.'

나지찬의 시선은, 회의 내내 태블릿에 고정되어 있었다.

이안이 지금 무슨 짓을 하고 있는 건지 너무 궁금해서, 도무지 회의 내용에 집중이 되지를 않았다.

'오염된 광산의 위치는 분명 정령산 안쪽이야. 대체 이 퀘스트가 어떻게 발생한 거지?'

정령계의 맵 중 하나인 정령산은, 정령의 성소 북쪽과 이어져 있는 맵이다.

그리고 이곳에 들어가려면, '용사의 자격'을 획득해야만 한다.

한데 나지찬이 알기로, 아직 전 세계의 어떤 서버에도 용사의 자격은커녕 용사의 마을조차 발견한 유저가 없었다.

아직 열릴 수가 없는 콘텐츠라는 이야기다.

'대체 뭘까? 설마 버그는 아니겠지?'

나지찬은 미간을 살짝 찌푸린 채, 생각에 잠겼다.

그의 마음속에, 은근한 불안감이 엄습하기 시작했다.

"오, 이 울창한 숲 한가운데 이런 곳이……!"

온통 빼곡한 나무들로 가득한 정령의 성소.

그 안에 나 있는 좁은 길을 따라 10여 분 정도를 걸은 이안은 숲속에 숨겨져 있던 작은 마을을 발견할 수 있었다.

마을의 입구 표지판에는 '프뉴마'라는 이름이 쓰여 있었다.

'마을 이름이 프뉴마인가 보군.'

이안은 두리번거리며 마을 곳곳을 둘러보기 시작했다.

프뉴마 마을은 명계의 에레보스에 있던 '타나토스 마을'보다는 훨씬 그 규모가 작았다.

하지만 있을 것은 다 있는 느낌이었다.

'이 마을에서도 혹시 골드가 아닌 다른 화폐를 사용하려나?'

타나토스 마을에서는 모든 거래가 명계의 화폐인 '데스 코인'으로 이루어졌다.

때문에 이안은 정령계인 이곳에서도 다른 화폐가 있을 것이라 짐작했다.

그리고 그 예상은 적중하였다.

-정령의 도장/입장료 : 500아스테르

마을의 한쪽 구석에 있는 작은 오두막.

그 입구에 붙어 있는 간판을 본 이안은 속으로 중얼거렸다.

'아스테르가 여기의 화폐인가 보군. 그나저나 저긴 뭐 하는 곳인데 입장료까지 있는 걸까?'

일단 궁금증을 잠깐 접어 둔 이안은 그 옆에 있는 다른 오두막의 문을 열었다.

그리고 이안이 들어간 문의 위에는 작은 글씨로 다음과 같이 쓰여 있었다.

마법 상점

프뉴마 마을은 정령의 성소 서쪽에 위치해 있다.

반면에 샬론으로부터 받은 퀘스트를 진행하기 위해서는, 성소 북쪽에 있는 게이트를 통해 '정령산'으로 가야 한다.

그렇다면 이안은 왜, 굳이 멀리 있는 마을을 먼저 찾아온 것일까?

'좀 괜찮은 화염의 정령 마법이 있었으면 좋겠는데…….'

그것은 바로, 조금이라도 빨리 '아그비'를 키우고 싶어서 였다.

화염의 정령 마법을 배워서 전투에 최대한 많이 활용해야 아그비의 정령력을 더 빠르게 채워 줄 수 있으니 말이다.

물론 인간계에 있는 소환술사의 탑에서도 화염의 정령 마법을 구할 수는 있다.

하지만 소환술사의 탑에서 구할 수 있는 정령 마법들은 대부분 희귀~유일 등급에 불과했다.

간혹 영웅이나 전설 등급까지도 나오기는 하지만, 그게 이안의 입맛에 맞는 마법이라는 보장도 없다.

그런 와중에 샬론으로부터 프뉴마 마을에 대한 이야기를 들었으니, 와 보지 않을 수 없었던 것이다.

정령계에 있는 마을에서 파는 정령 마법이, 소환술사의 탑에 파는 마법들보다 훨씬 좋을 수밖에 없을 테니 말이다.

"오호, 오랜만에 보는 인간 손님이로군."

"안녕하세요."

"그래, 어떤 물건이 필요해서 왔는가?"

마법 상점의 안쪽에 걸터앉아 있던 난쟁이 노인이 말했다.

| 마법 상인 : 하르뉴 |

샬론과 비슷한 외모의 노인을 보며, 이안은 속으로 중얼거렸다.

'머리에 저렇게 뿔 달린 특별한 종족이 있는 건가?'

하지만 그에 대한 궁금증은 지금 그다지 중요한 부분이 아니었기에, 이안은 용건을 말하였다.

"혹시 이 물건들……. 팔 수 있을까요?"

이안이 주르륵 하고 꺼내 놓은 아이템들은 다름 아닌 각종 속성의 정수들이었다.

오염된 정령들을 처치하고 얻은 정수들 중 화염과 전격 속성을 제외하고는 당장 필요가 없었기 때문이다.

그리고 탁자에 산더미같이 쌓인 정수들을 확인한 난쟁이 노인은 눈을 동그랗게 뜨며 대답했다.

"무, 물론일세. 이 많은 정수들을 대체 어디서 구한 겐가?"

"바람의 평원에 있는 오염된 정령들에게서 얻었습니다."

"그……렇구먼."

이안이 꺼내 놓은 정수들은 대부분이 최하급 정수들이었다.

때문에 흔하디흔한 물건이라 할 수 있었지만, 물량이 워낙 많았다.

마법 상인 하르뉴는 그 무식한 양에 놀란 것이다.

"최하급 정수는 3아스테르. 하급 정수는 30아스테르 쳐주겠네. 얼마나 팔 생각인가?"

하르뉴의 물음에, 이안은 망설임 없이 대답했다.

"전부 다 팔겠습니다."

"알겠네. 잠시만 기다리시게."

하르뉴는 거대한 포대자루를 하나 가져와서 정수들을 전부 모아 담았고, 곧 이안의 눈앞에 새로운 시스템 메시지가 떠올랐다.

띠링-!

-'최하급 물의 정수' 아이템을 스물일곱 개 판매하여, '81아스테르'를 획득하셨습니다.

-'최하급 바람의 정수' 아이템을 열아홉 개 판매하여, '57아스테르'를 획득하셨습니다.

……중략……

-'하급 심연의 정수' 아이템을 네 개 판매하여, '120아스테르'를 획득하였습니다.

수백 개가 넘는 정수들을 전부 판매하고 나자, 이안의 인벤토리에는 제법 많은 아스테르가 쌓였다.

　　'어디 보자……. 1,500아스테르 정도 벌었네.'

　　이안은 뒷머리를 긁적였다.

　　아직까지 '아스테르'라는 화폐가 얼마의 가치를 지녔는지 모르기 때문이었다.

　　"이제 더 팔 물건은 없는 겐가, 젊은 친구?"

　　"그렇습니다."

　　"좋아. 다음에도 정수를 모으거든 꼭 나에게 가져와서 파시게."

　　"알겠습니다, 하르뉴."

　　대충 인벤토리를 정리한 이안이 하르뉴를 향해 다시 입을 열었다.

　　"저기, 하르뉴."

　　"말씀하시게."

　　"혹시 정령 마법 마법서를 판매하십니까?"

　　이안의 물음에, 하르뉴는 고개를 끄덕이며 대답했다.

　　"물론일세. 어떤 마법이 필요하신가, 친구."

　　"화염 속성의 정령 마법을 구하고 싶습니다."

　　"화염 속성이라……. 잠시만 기다리시게."

　　상점의 구석에 있는 책장을 향해 뒤뚱뒤뚱 걸어간 하르뉴는, 사다리까지 동원해서 여러 권의 책을 뽑아 들었다.

이어서 이안의 앞 탁자에 그것들을 올려놓았다.

"자, 지금 내가 가진 물건은 이 정도구먼."

"살펴봐도 되겠습니까?"

"물론이지. 천천히 보시게나."

인자한 미소를 지어 보인 하르뉴는 의자에 털썩 주저앉았고, 이안은 마법서들을 하나씩 확인하기 시작했다.

이안이 마법서를 펼쳐 들 때마다, 해당 마법서에 대한 정보와 가격이 눈앞에 떠올랐다.

─이름 : 화염 폭발, 등급 : 희귀(초월), 가격 : 5520아스테르

─이름 : 화염 연사, 등급 : 일반(초월), 가격 : 1950아스테르

……중략……

─이름 : 지옥의 화염시, 등급 : 희귀(초월), 가격 : 5750아스테르

─이름 : 용암의 대지, 등급 : 유일(초월), 가격 : 13550아스테르

총 열권 정도 되는 화염의 마법서들.

그리고 이안이 가장 먼저 정독하기 시작한 것은, 마지막에 있는 '용암의 대지' 마법서였다.

용암의 대지 마법의 등급이 가장 높았기 때문이다.

'어디 보자, 광역 화염 마법인 것 같고, 계수가 450? 역시 탑에서 살 수 있는 마법보다 훨씬 준수하군.'

'용암의 대지' 마법은 대체적으로 만족스러웠다.

스킬 자체의 매커니즘은 평범한 광역 마법이지만, 위력을 결정하는 공격계수가 상당히 높았으니 말이다.

당장 이안이 가진 영웅 등급의 정령 마법인 전류 증식의 계수와 비교해 봐도 거의 두 배 수준이었으니까.

'그래도 일단, 다른 마법들도 읽어는 봐야겠지?'

이안은 화염 폭발부터 시작해서, 다른 정령 마법들도 차례로 읽어 내려갔다.

그런데 잠시 후, 이안의 두 눈에 흥미로운 빛이 어렸다.

'오호.'

이안이 펼쳐 든 마법서는, 희귀(초월)등급의 마법인 '지옥의 화염시'였다.

지옥의 화염시

분류 : 액티브 스킬   **스킬 레벨** : Lv.0
스킬 등급 : 희귀(초월)   **숙련도** : 0퍼센트
소모값 : 100정령 마력(초월) **재사용 대기 시간** : 100초

화염의 정령의 힘을 빌려, 불타는 장궁을 소환합니다.
소환된 장궁의 손잡이를 쥐면 화살이 자동으로 생성되며, 적에게 명중시킬 시 소환 마력의 40퍼센트만큼의 화염 속성 피해를 입힙니다.
화살에 명중당한 적에게는 10초 동안 '지옥불'표식이 생성되며, 표식이 생긴 대상은 매 초당 소환 마력의 4퍼센트만큼의 피해를 입습니다.
*화살이 활시위를 떠나는 즉시, 새로운 화살이 다시 장전됩니다(최대 20발까지 가능).
*화살이 한 번이라도 빗나가거나 20발의 화살이 다 떨어지면, 불타는 장궁의 소환이 해제됩니다.
*표식은 최대 10회까지 중첩되며, 최대치까지 중첩될 시 강력한 폭발을 일으킨 뒤 소멸합니다.
(표식이 폭발할 시 쌓여 있는 표식들이 남은 지속 시간 동안 입힐 수 있

카일란의 스킬들은 높은 등급의 스킬일수록 발동 매커니즘이 복잡할 확률이 높다.

고급 스킬일수록 사용하기 까다롭게 만들어 놓은 것이다.

그런데 지금 이안이 발견한 이 스킬은 희귀(초월) 등급임에도 불구하고 유일(초월) 등급보다 훨씬 까다롭고 복잡한 매커니즘을 가지고 있었다.

'성장형 마법이라……. 이 옵션 때문인가?'

이안의 두 눈이 반짝였다.

'성장형 마법'이라는 옵션이 마치 소환수의 '진화 가능' 옵션처럼 느껴졌기 때문이다.

'희귀 등급이라 그런지 계수가 확실히 낮기는 하지만…….'

'지옥의 화염시' 마법의 공격 계수는, '용암의 대지' 마법의 10퍼센트도 채 되지 않는 허접한 수준이다.

표식에 붙어 있는 지속 딜까지 감안해도, 화살을 여섯 번이나 맞혀야 용암의 대지보다 나은 위력을 낼 수 있으니 말이다.

게다가 용암의 대지는 광역 스킬.

여기까지만 보면 '지옥의 화염시'는 별로 좋은 스킬이 아니다.

아니, 좋지 않은 수준이 아니라 최악의 스킬이라고 할 수 있었다.

'연달아 붙어 있는 부가 옵션들만 아니라면 말이지.'

부가 옵션들을 읽어 내려갈수록, 이안의 입꼬리도 점점 말려 올라갔다.

옵션의 기능들 하나하나가 전부 매력적이었기 때문이다.

일단 첫 번째 옵션부터가 이안의 취향을 저격했다.

'계속 맞추기만 하면 마법 1회 발동에 20발까지 쏠 수 있다는 거 아냐?'

명중률이 100퍼센트라는 전제만 있다면, 말도 안 되는 폭딜이 가능한 것.

게다가 10초 안에 열 발의 화살을 연사하여 전부 맞힌다면, 세 번째 부가 옵션이 발동한다.

모든 표식이 폭발함과 동시에 스킬의 재사용 대기 시간이 초기화 되니…….

'이거다. 이거야!'

그야말로 유저의 실력에 따라 천차만별의 위력을 낼 수 있는 스킬인 것이다.

쉽게 정리하자면, 궁술 실력이 허접한 유저가 사용하면 100퍼센트의 계수조차 되지 않는 마법이 바로 이 '지옥의 화염시' 스킬이다.

반면에 이론상으로나 가능한 '입카일란' 플레이를 보여준다면, 몇천 퍼센트의 계수까지도 만들어 낼 수 있는 게 이 스킬인 것이다.

게다가 이안에게는 이 스킬을 더욱 강력하게 만들어 줄 친구가 있었다.

'아그비! 이건 진짜 나와 아그비를 위해 만들어진 스킬이네.'

이안의 정령인 아그비의 첫 번째 고유 능력인 '불의 악마'.

이 능력과 함께라면, 표식이 쌓이는 속도가 두 배로 빨라질 테니 말이다.

'지금 당장 사냥하러 간다!'

머릿속에 모든 그림을 그려 낸 이안은 마법서를 번쩍 치켜들며 하르뉴를 불렀다.

"하르뉴, 이걸로 할게요!"

새로 얻은 강력한 정령 아그비.

녀석과 완벽한 시너지를 낼 수 있는 최고의 정령 마법.

설렘으로 가득 찬 이안의 심장박동이 점점 더 빨라지기 시작했다.

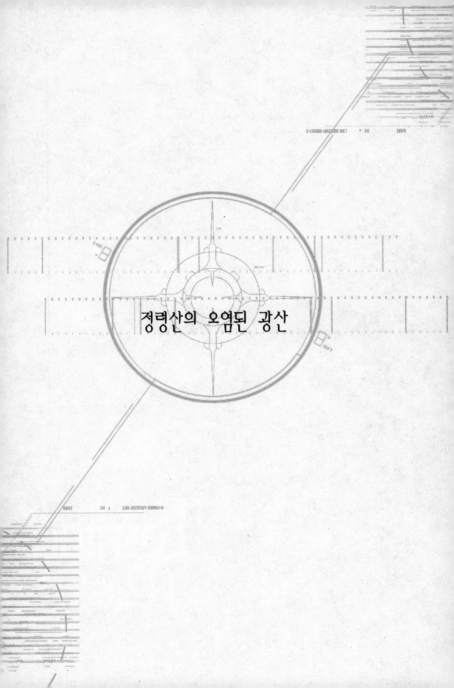

정령산의 오염된 광산

Taming Master

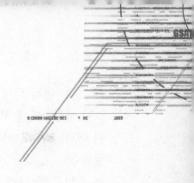

회의가 끝난 나지찬은 득달같이 모니터링실로 달려갔다.

회의 내용을 정리해 놓는 것도 물론 중요하기는 하지만, 그보다 훨씬 더 급한 일이 있기 때문이었다.

'일단 버그 여부부터 확인해야 돼!'

현재 카일란의 세계는 무척이나 중요한 시기를 지나고 있다.

지상계의 유저들이 하나둘 중간계로 넘어가고 있는, 쉽게 말해 과도기적 시기인 것이다.

그런데 만약 이 시점에 치명적인 버그가 터져 버린다면, 정말 걷잡을 수 없는 밸런스 붕괴가 일어나고 말 것이다.

삐빅― 삑―!

사원증을 대고 모니터링실 안쪽으로 들어온 나지찬은, 안에 있던 사원들에게 허겁지겁 오더를 내렸다.

"이 대리, 1번 모니터링 컴퓨터 좀 비워 줘."

"알겠습니다, 팀장님."

"윤 주임은 한 달치 이안 플레이 데이터 좀 전송해 주고."

"예, 팀장님!"

무슨 일인지는 알 수 없었지만, 모니터링 팀은 일사불란하게 움직였다.

나지찬의 표정을 보니 제법 급한 일임을 알 수 있었기 때문이다.

위잉.

컴퓨터에 데이터를 전부 전송받은 나지찬은 우선 개발 팀과 연결된 분석표부터 확인했다.

그리고 일단은 안도의 한숨을 쉴 수 있었다.

일단 오류 코드가 뜨거나 하진 않았기 때문이다.

'휴, 시스템 상의 오류나 버그가 있었던 건 아니네.'

모든 버그 중 가장 치명적인 것은 게임 시스템 자체에 문제가 생기는 것이다.

그러니 시스템에 오류가 있는 것이 아니라면, 최악의 상황은 면한 것이라 할 수 있었다.

하지만 그렇다고 해서 안심할 수 있는 상황은 아니다.

개발팀에 문제가 없었다면, 기획 팀 쪽의 실수였을 확률이 가장 높으니 말이다.

그렇다면 기획 3팀의 팀장인 나지찬에게도, 일정 부분 책임이 돌아가리라.

'제발 큰 문제는 아니었음 좋겠는데…….'

문제가 된 부분인, '정령산의 오염된 광산' 퀘스트.

이 퀘스트의 기획에 나지찬이 직접 관여한 것은 아니었다.

때문에 어떤 부분이 문제인지 바로 파악이 불가능했다.

냉수를 한 잔 마신 나지찬은 스크린 앞에 털썩 주저앉았다.

이어서 이안의 플레이 영상을 재생시킨 뒤 찬찬히 데이터를 훑어보기 시작했다.

적어도 한나절 이상은 걸릴 작업이기 때문에, 조급한 마음은 갖지 않기로 했다.

'그래. 일단 시스템 오류가 아닌 것만 해도 어디야.'

그리고 그렇게 모니터링실에 눌러앉은 나지찬은 모니터링팀이 전부 퇴근할 때까지도 자리에서 일어날 수 없었다.

이제는 기억조차 희미해진 카일란 초기 시절.

아니, 조금 더 정확히 말하자면, '소환술사' 직업이 생겨난 지 얼마 되지 않았던 그 시절.

이안이 처음 '정령술'이라는 콘텐츠를 접하게 됐던 것은

'소환술사의 탑'이 생겨났을 시점이었다.

당시에도 소환술사 클래스 중에서는 압도적인 랭킹 1위였던 이안은 소환술사 직업의 탑에 처음 들어간 유저였고, 그 탑 안에서 정령술과 관련된 스킬 북을 구할 수 있었다.

그리고 이안을 시발점으로 한참 소환술사들 사이에서 정령술이 유행했었다.

변변한 공격 스킬 하나 없이 다른 클래스들의 무기를 사용하여 전투해야 했던 소환술사들에게, 정령술은 무척이나 매력적인 콘텐츠였으니 말이다.

하지만 그것도 잠시, 반년 정도가 지나자 정령술은 거의 사장되고 말았다.

유저들의 레벨이 오를수록 정령술의 효율성은 계속해서 떨어졌으니 말이다.

당시 정령술은 뭔가 많이 부족한 콘텐츠였다.

'진짜 카일란 기획 팀에서 이 콘텐츠를 왜 만들었나 싶을 정도였지.'

우선 당시의 정령술은 오로지 소환술사가 정령 마법을 쓰기 위한 매개체일 뿐이었다.

소환된 정령에게 전투력 자체가 없었으니 말이다.

게다가 정령이 진화할 수 있는 최대 등급도 중급 정령이 한계였으니, 갈수록 메리트가 떨어질 수밖에 없는 것이다.

심지어 정령 마법의 위력을 결정하는 가장 비중 높은 요소인 '소환 마력' 스텟을 올릴 방법도 거의 존재하지 않았다.

쉽게 말해 유저가 성장할수록 정령술도 더욱 강해져야 하는 것인데, 정령 마법의 위력을 향상시킬 방법이 마땅치 않았으니 버려진 것이다.

이안 또한 그때는, 정령술에 대한 정의를 이렇게 내렸었다.

소환술사 50~100레벨 초반까지의 구간을 좀 수월하게 플레이할 수 있도록 만들어진 게릴라성 콘텐츠.

하지만 정령계에 입성하고 '제대로 된 정령술'을 접하기 시작하자, 이안은 그때의 생각을 완전히 뒤집을 수밖에 없었다.

그리고 지상계에서 접할 수 있었던 정령 콘텐츠가 왜 그렇게 한정되었어야만 하는지에 대한 이유도 깨달을 수 있었다.

정령술은 애초에, 중간계가 열리고 난 뒤의 콘텐츠였던 것이다.

이안이 이렇게 생각하게 된 데에는 여러 가지 이유가 있었지만, 그중 가장 큰 이유는 바로 이 한 문장에 담겨 있었다.

*직업 스텟은 지상계와 중간계가 같은 비율로 상호 호환됩니다(비율 : 100:1).

이것은 카일란의 공식 커뮤니티에 명시되어 있는 중간계 콘텐츠 관련 설명글의 일부이다.

그렇다면 이 문장의 위쪽에는 어떤 내용이 명시되어 있을까?

이 설명에 의하면, 중간계에서의 레벨 업과 파밍으로 인한 전투 능력 상승은 인간계에 별다른 영향을 미치지 못한다.

쉽게 말해 초월 레벨을 아무리 열심히 올려도, 지상계에서의 스텟이 크게 달라지지 않는다는 의미다.

반면에 직업 스텟은?

초월 직업 스텟 1을 올리면, 지상계의 직업 스텟 10이 그대로 상승한다.

그런데 정령술의 위력을 결정하는 두 가지 스텟이 모두, 소환술사의 직업 스텟에 포함되어 있다.

이것이 무엇을 의미할까?

'지금 상황에선 정령술을 수련하는 것이 가장 효율적인 성장이라는 거지.'

이안은 한동안 정령술을 성장시키는 데 올인하기 위해, 소환수들을 전부 소환 해제하였다.

소환수를 컨트롤할 시간에 정령 마법을 한 번이라도 더 시전해야, 정령술의 숙련도와 정령들의 정령력이 조금이라도 빠르게 차오를 테니 말이다.

소환수들의 초월 레벨은 어차피 10까지 올리면 더 올릴 수 없지만, 정령은 계속해서 성장시킬 수 있으니, 이안의 선택은 너무도 당연한 것이었다.

서둘러 프뉴마 마을을 빠져나온 이안은 성소의 북쪽을 향해 이동했다.

그리고 오래지 않아 푸른빛으로 일렁이는 게이트를 발견할 수 있었다.

'저기가 정령산으로 연결되는 입구인가?'

이안은 두근거리는 마음으로 게이트를 향해 다가갔다.

그러자 게이트의 양옆에 서 있던 NPC들이 이안을 향해 다가왔다.

그들 또한, 염소의 형상을 한 특이한 생김새를 가진 경비병들이었다.

"잠깐. 이곳은 아무나 지나갈 수 없네."

"예?"

"정령산에는 위험한 기계몬스터들이 많거든."

경비병들이 이안을 막아섰지만 이안은 전혀 당황하지 않았다.

이미 샬론으로부터 언질을 들었기 때문이다.

"샬론 님께 오염된 광산을 조사하라는 부탁을 받았습니

다.”

이안의 말을 들은 두 명의 경비병들은, 동시에 눈이 휘둥
그레졌다.

“……!”

“그게 정말인가?”

“그렇습니다. 샬론 님께 확인해 보셔도 좋습니다.”

경비병들은 당황했다.

그도 그럴 것이, 이곳을 통제하라는 명을 내린 것이 바로
샬론이기 때문이었다.

중간자의 위격을 갖춘 자에게만 통행을 허락하라 한 것이
샬론이건만, 평범한 인간에게 정령산의 임무를 맡겼다니 의
아한 것이다.

하지만 아무리 당황스러워도 그들은 샬론의 명을 어길 수
없었다.

이 정령의 성소에서만큼은, 수호자 샬론의 말이 곧 법이었
으니 말이다.

“허, 거짓은 아닌 것 같은데…….”

“중간자도 아닌 인간에게 정령계의 임무를 맡기시다
니…….”

이안의 아래위를 쭉 훑어본 두 NPC는 미덥지 못한 표정
으로 천천히 고개를 끄덕였다.

“그래 뭐, 샬론 님께서도 생각이 있으시겠지.”

"지나가시게, 친구. 다만 정말 조심해야 할 거야. 기계괴물들은 생각보다 강력하니 말이지."

그들의 허락을 들은 이안은 씨익 웃으며 걸음을 떼었다.

'위험한지 아닌지는 내가 판단할 문제라고, 친구들.'

이어서 이안은 일말의 망설임도 없이 게이트 안쪽으로 들어섰다.

우우웅-!

까맣게 암전되었던 이안의 시야에 새하얀 빛이 쏟아져 들어왔다.

그리고 그 빛이 잦아들면서 가장 먼저 시야에 들어온 것은 수많은 시스템 메시지들이었다.

띠링-!

-'정령산'에 입장하셨습니다.

-'정령산' 맵을 최초로 발견하셨습니다!

-명성이 30만 만큼 증가합니다.

-48시간 동안 '정령산' 맵의 모든 몬스터들에게서 획득하는 보상이 두 배로 증가합니다(던전을 최초 발견한다면, 경험치 획득 보상이 중복 적용됩니다).

-정령 마력(초월)을 50만큼 영구적으로 획득합니다.

–소환 마력(초월)을 40만큼 영구적으로 획득합니다.

–24시간 동안 '정령술'의 숙련도가 한 배 반 만큼 빠르게 증가합니다.

–24시간 동안 '정령의 구원자' 버프가 지속됩니다.

–정령의 구원자 : 정령 마력과 소환 마력 30퍼센트 증가.

……후략……

"워우!"

이안은 자신도 모르게 탄성을 터뜨렸다.

오랜만에 보는, 최상급의 최초 발견 버프였기 때문이다.

특히 신규 던전까지 발견했을 때 적용되는 중복 버프는, 그야말로 꿀 중의 꿀이라 할 수 있었다.

'크으, 이제 오염된 광산만 찾으면 중복 버프까지 쪽쪽 빨수 있겠는걸?'

신이 난 이안은 퀘스트 창에 명시되어 있는 좌표를 확인했다.

그리고 미니 맵을 열어 광산이 있을 위치를 체크해 보았다.

'역시 샬론이 말했던 것처럼 멀리 있지는 않네.'

방향을 잡은 이안은 북쪽을 향해 걸음을 떼었다.

분명 이 정령산 필드에도 사냥할 몬스터들이 즐비하겠지만, 기왕 사냥하는 거면 중복 버프를 받은 채로 풀타임 뛰고 싶었으니 말이다.

"자, 아그비, 쨱이, 이쪽으로 움직이자!"

정령들에게 오더를 내린 이안은, 걸음을 재촉하였다.

하지만 그것도 잠시.

끼긱— 끼기긱—!

울창한 숲속 어딘가에서, 듣기 거북한 기계음이 울려 퍼지기 시작했다.

이어서 이안의 앞에 나타난 것은 작은 원숭이의 모습을 한 수많은 기계몬스터들이었다.

드리오피테쿠스 : Lv. 11(초월)

"으, 김덜렁 이 자식, 역시 언젠가 한번 사고 칠 줄 알았다니까……."

모니터링실에서 죽치고 앉아 있기를 10시간 째.

나지찬은 무척이나 다행히(?)도, 동이 트기 전에 어긋난 기획을 발견할 수 있었다.

그리고 그것은, 나지찬의 부하 직원 중 한 명인 김지연의 작품이었다.

"하, 내가 좀 더 꼼꼼히 체크했어야 됐는데……."

말은 이렇게 하지만, 나지찬의 표정은 그렇게 어둡지 않았다.

문제가 없는 것은 아니었지만, 버그가 아니라는 것만은 확실해졌기 때문이었다.

'사실 지연이가 문제가 아니라 이안 놈이 문제인지도…….'

모니터링에 시간이 오래 걸린 것뿐이지 사실 문제가 생긴 이유는 무척이나 간단했다.

이안이 깨서는 안 되는 퀘스트를 깨 버린 게 문제였으니 말이다.

문제가 된 퀘스트는 당연히 기계파수꾼 처치 퀘스트.

이 퀘스트는 원래, 중간자가 되고 나서 클리어하라고 만들어 놓은 퀘스트였다.

기계파수꾼이라는 보스 몬스터를 초월 레벨 10이 넘지 않는 전력으로는 깰 수 없도록 설계했기 때문이다.

그리고 원래대로라면, 이안의 실력도 그 범주를 벗어날 수 없었다.

이안의 전투력이 대단하다고 해도, 한 자릿수의 초월 레벨로는 기계파수꾼의 괴랄한 회복 능력을 감당할 수 없을 테니 말이다.

아무리 보스 패턴을 전부 파악하여 모든 공격을 다 피한다 하더라도, 회복 속도보다 강력한 DPS가 나오지 않는다면 죽이는 게 불가능한 것이다.

그런데 문제는 '어비스 드래곤'이라는 변수였다.

그렇지 않아도 스텟 깡패인 어비스 드래곤이 속성 강화를 받았고, 거기에 시온 속성을 유일하게 잡아먹는 것이 어비스 속성이었으니 말이다.

'그냥 퀘스트 발동 조건을 중간자로 설정해 놨으면 이런 일이 없었을 것을…….'

한숨을 푹 쉰 나지찬이 소파에 몸을 깊숙이 묻었다.

이안에게 셀 수 없이 당해 본 나지찬이었다면, 절대로 하지 않았을 실수였다.

'뭐, 별수 있나. 이안이 또 무슨 짓을 하는지 지켜보는 수밖에…….'

그래도 다행인 것은 이 퀘스트가 연계 퀘스트가 아니라는 점이었다.

이안이 비정상적인 방법으로 정령산에 들어가기는 하였지만, 광산 퀘스트가 끝나고 나면 딱히 거기서 할 일이 없으니 말이다.

어차피 중간자가 되지 않으면 다른 퀘스트는 발동조차 되지 않을 것이고, 초월 레벨도 10 이상은 올릴 수 없으니 정령산의 깊숙한 곳까지는 들어갈 수 없을 것이다.

이안이 아무리 미친놈이라 하더라도, 초월 레벨이 두 배이상 차이 나는 몬스터들과 드잡이질을 벌이진 못할 테니까.

"으, 스트레스!"

벌떡 일어나 모니터링실 구석의 찬장을 연 나지찬은 숨겨 두었던 감자칩 한 봉지를 꺼내어 들었다.

이어서 봉지를 끌어안은 채 아예 소파에 누워 버렸다.

기왕 이렇게 된 거, 오랜만에 각 잡고 이안의 영상이나 구경해 볼 생각이었다.

피이잉-!

나지찬이 리모컨을 조작하자 스크린에 떠 있던 화면이 바뀌었다.

그리고 바뀐 화면에는 이안의 라이브 영상이 송출되기 시작했다.

나지찬은 언제 짜증냈냐는 듯 스크린에 온 정신을 집중했다.

끼긱- 끼끼긱-!

끼르르륵-!

쇳덩이로 만들어진 원숭이 세 마리가 기분 나쁠 정도로 기괴한 소리를 내며 이안을 향해 다가왔다.

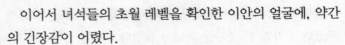

카리오피테쿠스 : Lv. 11(초월)

이어서 녀석들의 초월 레벨을 확인한 이안의 얼굴에, 약간의 긴장감이 어렸다.

'여기부턴 확실히 만만한 난이도가 아니네.'

지금까지 이안이 경험했던 필드 중 두 자릿수의 초월 레벨이 등장하는 필드는 이번이 두 번째였다.

에레보스의 두 번째 강인 코퀴토스에 가까워졌을 때, 이안은 필드에서 처음으로 두 자릿수 초월 레벨의 몬스터와 마주쳤으니까.

물론 그때는, 제대로 싸워 볼 엄두조차 내지 못했었지만 말이다.

'일단은 하나씩, 차례대로 잘라 내는 게 안전하겠지.'

주변 지형을 빠르게 살핀 이안은 가장 앞쪽에서 다가오는 놈을 향해 정령왕의 심판을 내던졌다.

쐐애애액-!

그러자 당황한 녀석이 허공으로 쏜살같이 뛰어올랐다.

끼긱- 끼끼끽-!

기계원숭이의 날랜 몸놀림으로 인해, 목표를 잃고 땅에 틀어박힌 정령왕의 심판.

얼핏 보면 이안이 맞추지 못한 것처럼 보이겠지만, 결코 그것은 아니었다.

이안은 애초에 녀석의 점프를 유도한 것뿐이었으니 말이다.

날지 못하는 몬스터는 허공에서 방향을 바꿀 수 없다.

때문에 허공에 뛰어오른 지상몬스터야말로, 화살의 먹잇감이 되기에 가장 좋은 표적이었다.

화르륵-!

어느새 이안의 손에 들린 화염의 장궁에서 새빨간 불꽃이 뿜어져 나오기 시작했다.

정확히 말하면, 불꽃으로 만들어진 화살이었다.

쐐애액—!

허공을 가르고 날아간 화염의 화살이 공중에 떠오른 기계 원숭이의 흉부에 정확히 틀어박혔다.

그런데 재밌는 것은, 원숭이가 맞은 화살이 한 발이 아니라 두 발의 화살이라는 점이었다.

-'지옥의 화염시' 정령 마법을 발동시켰습니다.

-몬스터 '카리오피테쿠스'에게 치명적인 화염 피해를 입혔습니다!

-'카리오피테쿠스'의 생명력이 454만큼 감소합니다.

-정령 '아그비'가 고유 능력 '불의 악마'가 발동합니다!

-몬스터 '카리오피테쿠스'에게 치명적인 화염 피해를 입혔습니다!

-'카리오피테쿠스'의 생명력이 390만큼 감소합니다.

아그비의 고유 능력인 '불의 악마'는, 자신의 정령술사가 사용한 화염 속성의 정력 마법을 복제하는 능력이다.

즉, 이안이 화염시를 소환하여 원숭이를 향해 쏘자마자, 녀석의 손에서도 불꽃 화살이 쏘아진 것.

두 발의 화살이 틀어박히자 당연히 표식도 두 개가 중첩되었다.

-몬스터 '카리오피테쿠스'에게 '지옥불' 표식이 생성되었습니다. 지금부터 10초 동안, 초당 46만큼의 피해가 추가로 적용됩니다.(1중첩)

-몬스터 '카리오피테쿠스'에게 '지옥불' 표식이 생성되었습니다. 지금부터 10초 동안, 초당 38만큼의 피해가 추가로 적용됩니다.(2중첩)

그리고 당연한 얘기겠지만, 이안의 공격이 여기서 끝날 리 없었다.

쐐애애액-!

전직 활쟁이 랭커 이안에게, 속사는 마치 숨 쉬는 것처럼 발동되는 패시브 스킬 같은 것이었으니 말이다.

팍- 파파파팍-!

허공으로 도약한 기계원숭이가 지면을 채 밟기도 전, 너댓 발의 화살이 연달아 허공을 가르며 녀석의 몸통을 고슴도치로 만들었다.

게다가 화살을 쏘는 게 이안 혼자가 아니었기 때문에, 표식은 순식간에 10중첩까지 쌓여 올라갔다.

-'지옥불' 표식의 중첩이 Maximum이 되었습니다.

-표식이 강력한 폭발을 일으킵니다.

-몬스터 '카리오피테쿠스'에게 치명적인 화염 피해를 입혔습니다!

-'카리오피테쿠스'의 생명력이 2,110만큼 감소합니다.

화염시의 계수는 40퍼센트밖에 되지 않는다.

때문에 화살 한 발 한 발의 공격력은, 이안의 평타보다도 훨씬 약한 수준이었다.

하지만 표식이 쌓여 터져 나가자 얘기는 완전히 달라졌다.

높은 공격 계수를 자랑하는 고유 능력 '블러드스플릿'과 비교해도 크게 부족하지 않은 대미지가 터진 것이다.

끼기기긱-!

분노한 기계원숭이들이 더욱 난폭하게 이안을 향해 달려들었다.

하지만 이미 셋 중 하나는 빈사 상태가 되어 있었다.

피피핑-!

이어진 이안과 아그비의 합공에, 그대로 무너져 내리고 말았다.

띠링-!

-몬스터 '카리오피테쿠스'를 성공적으로 처치하셨습니다!

-초월 경험치를 44만큼 획득하였습니다.

-6아스테르를 획득하였습니다.

동료 하나가 순식간에 삭제 당하자, 나머지 두 마리의 원숭이들은 좀 더 신중히 움직이기 시작했다.

이안이 투사체를 발사한다는 것을 확인하고는, 나무들을 엄폐물로 삼으며 영리하게 다가온 것이다.

지상계의 필드몬스터에게서는, 쉽게 볼 수 없었던 수준 높은 AI.

하지만 이안은 당황하지 않았다.

이안에게는 아그비와 화염시만 있는 게 아니었으니까.

"전류 증식!"

원숭이 한 마리가 머리를 빼꼼 내민 순간, 이안의 손에서 생성된 전류덩어리가 빠르게 쏘아져 나갔다.

그리고 그 전격의 구체는, 기계원숭이의 머리에 여지없이 틀어박혔다.

지직— 지지직—!

—'전류 증식' 스킬을 명중시켰습니다. '카리오피테쿠스'에게 679만큼의 전격 피해를 입혔습니다.

화염시보다야 한참 못하지만, 결코 적다고는 할 수 없는 피해를 입은 기계원숭이.

하지만 문제는 679라는 대미지가 아니었다.

전류 증식은 말 그대로 증식하는 습성을 가지고 있는 고유 능력이었고, 명중된 순간 네 갈래로 쪼개졌으니 말이다.

지지직—!

—증식된 전류가 '카리오피테쿠스'에게 196만큼의 추가 피해를 입혔습니다.

—증식된 전류가 '카리오피테쿠스'에게 234의 추가 피해를 입혔습니다.

심지어 녀석들이 숨은 곳은 울창한 숲이다.

그리고 전류 증식의 구체는 어딘가에 부딪치는 순간 계속해서 쪼개지고 튕겨 나가는 습성이 있었다.

때문에 옆에 있던 다른 원숭이까지도 그대로 감전될 수밖에 없었다.

—'카리오피테쿠스'가 '마비' 상태에 빠집니다.

—'카리오피테쿠스'의 움직임이 30퍼센트 느려지며, '전격' 속성의 공

격에 50퍼센트의 추가 피해를 입습니다.

－'전류 증식'의 재사용 대기 시간이 초기화됩니다.

타탓－!

원하는 상황을 만들어 낸 이안이, 빠르게 발을 놀려 녀석들의 측면으로 움직였다.

이어서 이안의 손에, 다시 화염의 장궁이 생성되었다.

피핑－ 피피핑－!

그리고 두 기계원숭이들에게는, 이안의 화살 세례를 그리 오래 버려 낼 맷집이 없었다.

화염시의 열기에 두 마리의 기계원숭이가 힘없이 바닥에 녹아내렸다.

띠링－!

－몬스터 '카리오피테쿠스'를 성공적으로 처치하셨습니다!

－초월 경험치를 42만큼 획득하였습니다.

－8아스테르를 획득하였습니다.

－초월 경험치를 46만큼 획득하였습니다.

－6아스테르를 획득하였습니다.

보상을 확인한 이안의 입에서 절로 웃음이 새어나왔다.

확실히 두 배 보상이라 그런지, 초월 경험치의 양이 어마어마했던 것이다.

'마리당 거의 50이잖아? 던전 찾아서 중복 버프 받으면 거의 100 가까이 들어오겠는데?'

그리고 얼마 되지는 않지만, 몬스터들이 드롭하는 아르테르도 은근히 쏠쏠했다.

아마 퀘스트가 끝나고 마을로 돌아가면, 모아 놓은 아르테르를 사용해서 한차례 거하게 쇼핑할 수 있을 것 같았다.

"잘했어, 아그비, 짹이!"

기분이 좋아진 이안은, 아그비와 짹이를 향해 엄지손가락을 치켜 올렸다.

비록 맵의 초입에 등장하는 가장 약한 녀석들이라고는 하지만, 소환수 하나 없이 정령술만으로 사냥해 낸 것은 충분히 고무적인 일이었으니 말이다.

이안의 칭찬을 들은 아그비가 양손을 척 하고 허리에 걸치며 말했다.

-난 원래 잘한다, 주인.

이어서 이안의 어깨에 앉은 짹이는, 부리를 치켜들며 울어 댔다.

짹— 째짹—!

정령들이 왠지 모르게 좀 거만해 보이긴 했지만, 그런 것은 사소한 문제일 뿐이었다.

"짜식들, 누굴 닮아서 그렇게 거만한 거야?"

-정령은 항상 진실만을 말한다, 주인아.

째짹— 짹— 짹!

"……."

어쨌든 기분 좋은 스타트를 끊은 이안은, 계속해서 목적지를 향해 이동하였다.

가는 길에 기계 원숭이들 몇몇이 추가로 등장하기는 하였으나, 별다른 위협은 되지 않았다.

전류 증식의 '마비' 효과와 지옥의 화염시의 궁합이 생각보다 더 좋아서, 녀석들은 이안의 털끝하나 건드리지 못한 것이다.

그저 이안은, 상승하는 정령술의 숙련도와 정령들의 정령력을 보며 흐뭇한 기분을 만끽할 뿐이었다.

"좋았어. 버프 끝날 때까진 일단 무한 노가다 확정이다!"

신이 난 이안은 정신없이 활질을 하며 북쪽으로 내달렸다.

그리고 그렇게, 10여 분 정도가 더 지났을까?

'찾았다!'

이안의 눈앞에 드디어 오염된 광산의 입구가 모습을 드러내었다.

이안의 영상을 구경하던 나지찬은 입안에 있는 감자 칩을 씹는 것도 잊은 채 멍한 표정이 되어 버렸다.

"미친……."

이안이 기계원숭이들을 순식간에 쓸어 담는 장면이, 너무

비현실적으로 느껴졌기 때문이다.

물론 기계원숭이 '카리오피테쿠스'들이 그리 까다로운 몬스터들은 아니지만, 그렇다 하여도 초월 7레벨이 썰고 다닐 수준은 아니었다.

정상적인(?) 다른 랭커였다면, 아마 한 마리 사냥하는 데 적어도 3~5분은 걸렸으리라.

그리고 나지찬이 놀란 것은 그뿐만이 아니었다.

'아니 그나저나 저 스킬은 또 어디서 찾은 거야?'

이안이 미친 듯이 쏘아 대는 화염의 화살, '지옥의 화염시' 스킬을 한눈에 알아보았으니 말이다.

"저게 또 왜 하필 쟤 손에 들어간 거냐고……."

지옥의 화염시 스킬은 딱히 사기적인 스킬이 아니다.

진화형 스킬이기는 하지만, 그런 스킬은 중간계에서 생각보다 구하기 쉬우니 말이다.

밸런스 테스트 데이터를 놓고 봐도, 평범하기 그지없는 스킬 중에 하나일 뿐이다.

오히려 계수도 낮고 쓰기도 까다로운, 일반적인 유저였다면 기피할 만한 스킬이라 할 수 있었다.

어중띠게 활용했다가는 본전도 못 찾을 만큼 공격 계수가 낮은 스킬이었으니까.

다만 유저의 실력에 따라 증가하는 위력의 폭이 좀 괴랄한 감이 있었다.

이 스킬을 기획하던 때 김의환 팀장이 했던 말을 나지찬은 아직도 똑똑히 기억한다.

"궁사도 아닌 소환술사 유저의 궁술 실력이 뛰어나 봐야 얼마나 대단하겠어? 게다가 이 계수에 이 정도 포텐도 없으면 이 스킬 누가 쓰겠냐? 그냥 이대로 픽스 해!"

물론 김의환의 말은 충분히 일리 있는 얘기였다.

나지찬이 생각하기에도, 조건부 발동 효과의 중첩이 이 스킬의 유일한 장점이었으니 말이다.

하지만 저걸 사용하는 유저가 이안이라면 얘기가 완전히 달라진다.

자타공인 피지컬 최강인 데다, 전직 궁사 랭커 출신의 괴물.

이안은 절대로 '소환술사'의 범주 안에 있는 유저가 아니었으니 말이다.

"하아……."

땅이 꺼져라 한숨을 내쉰 나지찬이, 고개를 절레절레 저었다.

이안은 아직까지 눈치채지 못한 듯싶었지만, '지옥의 화염시' 정령 마법에는 또 하나의 특장점이 있었다.

만약 이안이 '그것'까지 알아낸다면, 기획 팀에는 재앙이 찾아오리라.

그리고 나지찬이 아는 이안은, 그걸 찾아내지 못할 인물이 아니었다.

"제발 적당이 합시다, 이안 형님."

그렁그렁한 눈으로 스크린을 응시하는 나지찬.

피이잉-!

리모컨을 들어 스크린의 전원을 끈 나지찬은, 털레털레 걸음을 옮기기 시작했다.

조금이라도 빨리 퇴근해서 눈을 붙이는 게, 정신건강에 여러모로 좋은 선택일 듯싶었다.

내일부터 야근을 하려면, 체력을 비축해야 하니 말이다.

"하, 본격적인 중간계는 아직 멀었다고 생각했었는데……."

연신 투덜거리며 모니터링실을 나서는 나지찬의 뒷모습은, 어쩐지 우울해 보이기까지 했다.

정령산의 오염된 광산(에픽)(히든)

기계문명의 침략이 일어나기 전.
정령산의 곳곳에는, 순수한 원소의 결정석들을 채굴할 수 있는 광산이 존재했었다.
하지만 기계문명의 침략이 일어난 후, 거의 대부분의 광산들이 오염되거나 사라지고 말았다.
원소의 힘을 탐낸 기계문명이 마구잡이로 채굴을 감행했기 때문이다.

그리고 광산을 점령한 기계문명은 그곳을 본거지로 삼아 계속해서 기계 몬스터들을 생산해 내기 시작했다.

광산에서 채굴되는 원소결정들은 기계몬스터들의 동력원이 되어 줄 아주 훌륭한 재료들이었으니까.

수호자 샬론의 골칫거리도 바로 이것이었다.

샬론이 수호자로 있는 '남부 지역 정령의 성소' 근처에도, 오염된 광산이 한 곳 자리 잡고 있었던 것이다.

이곳에서 생산된 기계몬스터들이 주기적으로 성소를 약탈하였고, 때문에 어린 정령들이 다치는 경우가 빈번했다.

이것은 샬론에게, 제법 오랜 시간동안 골칫거리였다.

하지만 샬론을 비롯한 성소를 지키는 중간자들은 성소에 매어 있는 몸.

하여 샬론은 당신이 자신들을 대신해 오염된 광산을 조사해 주길 바라고 있다.

광산을 조사하고 기계문명의 근원지를 찾아 파괴한 뒤 샬론에게로 돌아오자.

임무를 성공적으로 마치고 돌아가면 샬론으로부터 귀한 물건을 얻을 수 있을 것이다.

퀘스트 난이도 : A++

퀘스트 조건 : 기계파수꾼 처치' 퀘스트 클리어 및, 가장 높은 공헌도 달성.

제한 시간 : 없음.

보상 : 정령의 곡괭이, 수호자의 보주, ???

정령산의 오염된 광산 퀘스트에는 '에픽'과 '히든'이라는 수식어가 붙어 있다.

그중에서 '히든'의 경우 말 그대로 '숨겨진'이라는 의미를 가지고 있으며, 게임 조금 해 본 사람이라면 누구나 알아볼 수 있는 수식이다.

그렇다면 '에픽'은 과연 어떤 의미일까?

우선 에픽의 사전적 의미를 보자면, '서사시' 혹은 '방대한' 이라는 의미를 가지고 있다.

그리고 카일란의 퀘스트나 아이템 수식으로 가끔 등장하는 '에픽'의 의미도 그와 크게 다르지 않다.

카일란에서도 에픽은 '서사'라는 의미로 쓰이기 때문이다.

수식어로 '에픽'이 붙었다는 것은, 해당 퀘스트 혹은 아이템이 메인 시나리오와 관련이 있다는 뜻이라고 해석하면 되는 것이다.

그렇기에 '정령산의 오염된 광산' 퀘스트도 정령계의 메인 시나리오와 밀접한 관련이 있는 퀘스트였다.

'일단 이 퀘스트 내용만 읽어 봐도, 정령계가 어떻게 돌아가고 있는지 많은 부분 알 수 있으니까.'

현 시점의 정령계에서, '광산'은 마치 기계문명의 전략기지 같은 느낌이다.

궁극적으로 정령계의 기계문명을 몰아내기 위해선, 아마 정령산에 존재하는 모든 광산을 정화해야 할 것이다.

꿀꺽.

한차례 마른침을 삼킨 이안이, 천천히 광산의 안쪽으로 발을 디뎠다.

이안은 적잖이 긴장하고 있었다.

퀘스트의 난이도가 '기계파수꾼 처치'보다도 약간 높았으니, 쉽지 않은 싸움이 될 것이 분명했으니 말이다.

광산에 들어서자 시야가 어둑해지며, 눈앞으로 새로운 시스템 메시지들이 떠올랐다.

띠링-!

-'오염된 광산 C-01' 던전에 입장하였습니다.

-'오염된 광산 C-01' 던전을 최초로 발견하셨습니다!

-명성이 10만 만큼 증가합니다.

-48시간 동안 '오염된 광산 C-01' 던전의 모든 몬스터들에게서 획득하는 보상이 2배로 증가합니다.

-정령 마력(초월)을 20만큼 영구적으로 획득합니다.

-소환 마력(초월)을 15만큼 영구적으로 획득합니다.

메시지를 확인한 이안의 입가에, 웃음꽃이 피었다.

드디어 최초 발견 보상 버프가 중복으로 적용되었기 때문이다.

레벨 업을 위해선 어마어마하게 많은 초월 경험치가 필요했지만, 네 배 버프와 함께라면 금방 채울 수 있을 것이다.

'좋아, 좋아. 이러다가 초월 8렙도 금방 찍겠어.'

기분이 좋아진 이안은, 아그비를 앞세워 던전의 안쪽으로 진입하기 시작했다.

그러자 어둑했던 광산 통로의 안쪽에, 어느 정도 시야가 확보되었다.

화염의 정령인 아그비의 몸은 온통 화염으로 만들어져 있었고, 때문에 어두운 곳을 밝히는 부가적인 효과도 있었던 것이다.

'여기 등장하는 녀석들은, 원숭이들보단 레벨이 높겠지?'

오감을 곤두세운 이안은 광산의 곳곳을 꼼꼼히 살피며 움직였다.

그런데 바로 그 순간이었다.

그궁− 그그궁−!

광산의 어딘가에서 거대한 굉음이 울리기 시작한 것이다.

"……!"

이어서 이안의 눈앞에, 새로운 메시지들이 줄지어 떠올랐다.

띠링−!

−광산에 설치된 기관이 작동하기 시작합니다.

−첫 번째 페이즈가 발동되었습니다.

−'바위의 방'이 열립니다.

'바위의 방……이라고?'

이안은 의아한 표정으로 소리가 난 방향을 주시했다.

그러자 꽉 막혀 있는 것처럼 보이던 양 측면의 석벽이 아래위로 열리며, 새로운 공간이 나타났다.

그리고 이안이 이동 중이던 길에는, 앞뒤로 거대한 철문이 내려앉으며 통로가 막혀 버렸다.

쿠웅−!

묵직한 소리와 함께 기관의 작동이 멈추자, 던전의 형태는 완전히 바뀌었다.

전면으로 길게 나 있던 동굴의 형태가, 순식간에 거대한 공터로 바뀌어 버린 것이다.

이어서 이안의 눈앞에 또다시 메시지가 떠올랐다.

띠링—!

—외부 차원계와 완벽히 단절되었습니다.

—지금부터 모든 종류의 '소환' 스킬이 제한됩니다.

—지금부터 모든 종류의 '귀환' 스킬이 제한됩니다.

—'바위' 속성의 기계괴물들이 등장합니다.

—괴물들을 처치하고 '바위의 열쇠'를 찾아, 방을 탈출하십시오.

—30분이 지난 뒤, 1분마다 몬스터 리젠 속도가 10퍼센트만큼씩 빨라집니다.

메시지를 읽은 이안은, 적잖이 당황할 수밖에 없었다.

필드에 등장했던 기계원숭이들과는 달리, 이제 '속성'이 부여된 기계몬스터들이 나타났기 때문이다.

'게다가 하필, 바위 속성이라니……'

하지만 가장 치명적인 부분은, 바로 '소환' 스킬이 제한되었다는 것이었다.

아무리 위급한 상황이 와도, 다른 소환수들을 소환할 수 없게 된 것이니 말이다.

'후, 내가 너무 안일했나.'

이안은 살짝 입술을 깨물었다.

소환 금지 메시지는, 이안의 뒤통수를 정말 제대로 때렸으
니 말이다.

어찌 되었든 이미 주사위는 던져졌고, 이안에게 남은 선택
지는 하나뿐이었다.

어떻게든 두 정령과 본신의 힘만으로 이 던전을 클리어해
야 한다는 것.

다시 평정을 찾은 이안이, 머리를 빠르게 굴리기 시작했다.

그리고 이안은 이 던전이 어떻게 돌아가는 곳인지 대강 파
악할 수 있었다.

'이런 방이 한두 개가 아닐 거야. 그리고 방마다 다른 속성
의 기계몬스터가 등장하겠지.'

이안은 앞으로 등장할 다른 페이즈보다도 이 첫 번째 페이
즈가 가장 큰 난관이 될 것이라 확신했다.

그 이유는 바로, 이안이 가진 두 마리의 정령이 모두, 바
위 속성과 상성관계가 나쁜 속성을 가졌기 때문이었다.

앞으로 어떤 속성의 기계몬스터가 등장해도, 바위 속성보
다는 나을 것이 분명했다.

카일란에는 수많은 속성이 존재한다.

지금까지 알려진 속성만 해도 열댓 가지가 넘었지만, 아직

까지 발견되지 않은 속성도 무척이나 많았다.

그리고 그 속성들은, 각각 다른 속성에 대한 복잡한 상성 관계를 가지고 있었다.

바위 속성도 마찬가지였다.

이안은 거의 모든 상성 관계를 외우고 있었다.

'바위 속성은 불과 전기에 강해. 둘 중에는 전기에 더 강하고……. 풀이나 얼음 속성에 약하지.'

속성의 상성 관계는 전투에 많은 영향을 미치지만, 특히 마법사들과 정령들에게는 더욱 큰 영향을 끼친다.

다른 클래스들의 속성 공격은 노멀 속성이 베이스로 깔린 상태에서 20퍼센트 정도의 속성 피해가 추가되는 느낌이라면, 마법사나 정령들의 원소 마법은 위력의 100퍼센트가 속성 피해로 이루어져 있기 때문이다.

쉽게 말해 화염 속성의 스킬로 물 속성의 적을 공격했을 때.

검술이나 창술의 경우 속성 공격력 부분에서만 손해를 보겠지만, 정령술이나 원소마법의 경우 공격력의 전체가 깎여 나가는 것이다.

'그나마 화염 공격은 조금이라도 먹히겠지만, 전류 증식은 아예 안 쓰는 게 좋겠어.'

바위 속성의 몬스터는 전격 속성의 공격에 거의 피해를 입지 않는다.

전격 속성에 대한 저항력이 거의 맥시멈에 닿아 있기 때문이다.

이안으로서도 정확한 수치는 알 수 없었지만, 아마 원래 받았어야 할 피해량의 90퍼센트 내지는 95퍼센트 이상이 저항력에 흡수당하고 말 것이다.

쿵- 쿵-!

우락부락한 외모를 가진 바위 속성의 몬스터들이 이안을 향해 서서히 다가왔다.

그리고 전장을 훑어본 이안의 손에, 시뻘건 화염의 장궁이 소환되었다.

"그래, 한번 누가 이기나 해 보자고."

이글이글 타오르는 화살을 시위에 건 이안이, 가장 앞쪽에 다가오는 몬스터를 조준했다.

그리고 화살이 활시위를 떠나는 순간.

피이잉-!

'오염된 광산' 던전의 첫 번째 전투가 시작되었다.

'바위의 방'에 등장한 몬스터들의 초월 레벨은, 기계원숭이들과 크게 다르지 않았다.

낮게는 초월 11레벨부터 많게는 초월 13레벨 정도였으니 말이다.

하지만 그것과 던전의 난이도는 완전히 별개였다.

초월 레벨이야 한두 개 정도의 차이에 불과하지만, 체감 난이도는 거의 두 배 이상이었으니 말이다.

콰콰쾅-!

-'지옥불' 표식의 중첩이 Maximum이 되었습니다.

-표식이 강력한 폭발을 일으킵니다.

-몬스터 '리프로봇'에게 치명적인 화염 피해를 입혔습니다!

-'리프로봇'의 생명력이 627만큼 감소합니다.

지옥불 표식이 폭파되었을 때, 기계원숭이들이 입었던 피해는 2천이 훌쩍 넘는 수준이었다.

하지만 바위괴물들의 높은 방어력에 상성관계까지 겹쳐지니, 피해량은 거의 4분의 1 수준으로 줄어들어 버렸다.

'젠장, 돼지 같은 자식들…….'

전투가 시작된 지 3분 정도 지났을까?

이안이 지금까지 한 것은, 한 녀석의 생명력을 절반 수준까지 깎아 낸 것 정도였다.

유일하게 긍정적인 부분은 이 녀석들의 움직임이 엄청나게 느리다는 것이었다.

대충 쏴도 화살이 빗나갈 일이 없으니, 표식 쌓는 것이 훨씬 수월해진 것이다.

게다가 공격 모션이 느리다 보니 녀석들의 공격을 피해 내는 것도 어렵지 않았다.

아마 시간적인 촉박함 없이 여유 있게 전투를 할 수 있었더라면, 오래 걸리더라도 클리어가 어려운 페이즈는 아니었을 것이다.

물론 이안에게는 시간적 여유가 전혀 없었지만 말이다.

'문제는 시간 제한이 있다는 거지.'

사실 정확히 말하자면 시간 제한은 아니다.

폭풍의 협곡 던전 때처럼, 시간이 지날수록 몬스터의 젠 속도가 빨라진다는 것뿐.

시간이 지난다 해서 퀘스트에 실패하게 되는 것은 아니었으니 말이다.

하지만 이안은, 사실상 40~50분 정도의 제한시간이 있다고 생각하고 있었다.

'아마 그 안에 열쇠를 찾지 못하면, 이 방 전체가 몬스터로 가득 차고 말 거야.'

현재 이 방 안에 있는 바위괴물들은 총 아홉 마리.

이안은 아직까지 한 마리도 처치하지 못 했고, 그 사이 새로운 바위괴물 한 마리가 추가로 생성되어 버렸다.

이 말인 즉, 이미 처음부터 몬스터의 젠 속도가 이안이 처치하는 속도보다 빠르다는 이야기다.

아직까진 여유가 있지만, 30~40분 뒤에는 이 공간이 바위괴물들로 가득 차게 될 것이다.

그리고 그렇게 되면, 아무리 이안이라고 해도 모든 공격을 피해 낼 수 없게 된다.

피할 수 있는 공간이 없을 테니 말이다.

'어떤 녀석이 열쇠를 가지고 있을까? 그걸 알아내야 해.'

몬스터들 사이를 이리저리 누비며, 이안은 계속해서 화살을 난사해 대었다.

그리고 이안의 연사 속도는 기계원숭이들을 상대할 때보다도 훨씬 빨라져 있었다.

물론 그때보다 실력이 늘어서는 아니었다.

단지 표적이 너무 크고 느렸기 때문일 뿐.

파파파팍-!

첫 번째 화살이 표적에 닿기도 전에, 이안은 이미 너 댓 번째 화살을 시위에 올리고 있었다.

아그비와 이안이 쏘아 낸 화살이 쉴 새 없이 괴물의 몸통에 틀어박혔고, 표식도 계속해서 터져 나갔다.

펑- 퍼펑- 펑-!

그리고 잠시 후, 드디어 첫 번째 바위괴물이 자리에 쓰러졌다.

쿠웅-!

-몬스터 '리프로봇'에게 치명적인 피해를 입혔습니다!

-'리프로봇'의 생명력이 전부 소진되었습니다.

-'리프로봇'을 성공적으로 처치하셨습니다!

-초월 경험치를 112만큼 획득하였습니다.

-180아스테르를 획득하였습니다.

보상을 확인한 이안의 입꼬리가 슬쩍 말려 올라갔다.

초월 경험치와 아스테르 보상이 예상보다 더 높은 수준이기 때문이었다.

'좋아, 이제 열쇠를 가진 녀석만 찾으면 되는데…….'

다음 타깃을 물색하는 이안의 눈이, 예리하게 빛나기 시작했다.

몬스터들의 외형에 어떤 단서라도 있을까 싶어서였다.

모든 괴물들을 처치하는 게 가장 좋은 방법이긴 하지만, 그럴 시간은 없었다.

어떻게든 열쇠를 최대한 빨리 획득해서 이 방을 탈출하는 게 급선무였다.

그런데 다음 순간.

"……!"

이안의 시야에 '열쇠' 모양의 물건이 들어왔다.

바위괴물 중 하나의 목걸이에, 분명 열쇠의 형상을 한 물건이 걸려 있던 것이다.

'저 녀석인가?'

이안은 잽싸게 몸을 날려 녀석을 향해 달려들었다.

그러나 그것도 잠시일 뿐, 그는 내달리던 걸음을 멈추고 혼란스러운 표정이 되어 버렸다.

그 이유는 바로…….

'뭐야, 열쇠를 가진 놈이 한 마리가 아니잖아!'

녀석의 뒤쪽에 있던 다른 바위괴물의 목걸이에도, 비슷한
모양을 한 열쇠가 걸려 있었기 때문이었다.

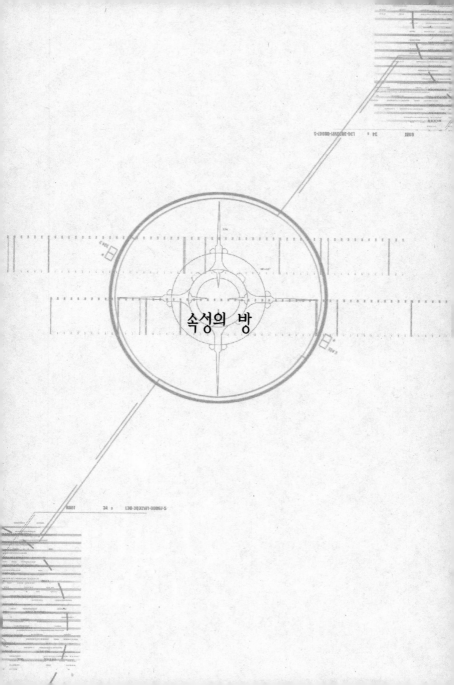

속성의 방

Taming
Master

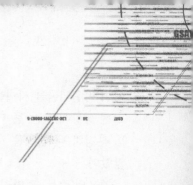

'어쩐지 쉽게 풀린다 했지.'

아랫입술을 살짝 깨문 이안은, 다시 한 번 정신을 가다듬었다.

아무리 당황스럽다 해도, 우왕좌왕하다가 자멸할 생각은 없었으니 말이다.

이안이 다시 신속하게 허공으로 튀어 올랐다.

타탓-!

그리고 이안이 서 있던 자리에는, 거대한 돌주먹이 틀어박혔다.

콰앙-!

비산하는 파편들 사이로 빠져나온 이안은, 이리저리 움직이며 바위괴물들 사이를 빠르게 스쳐 지나갔다.

현 상황에 대한, 좀 더 정확한 정보가 필요했기 때문이었다.

'분명히 내가 처음 사냥한 녀석에게서는 열쇠가 드롭되지 않았어.'

경우의 수는 두 가지였다.

이안이 처치한 녀석이 애초에 열쇠를 목에 걸고 있지 않았을 경우, 아니면 열쇠를 목에 걸고 있었으나 드롭하지 않았을 경우.

만약 후자의 경우라면, 더욱 상황이 어려워질 것이다.

목에 열쇠를 걸고 있는 녀석을 사냥해도, 무조건 열쇠가 드롭되는 것은 아니라는 말이었으니까.

그리고 쓰러져 있는 녀석의 사체를 확인한 이안의 표정이, 살짝 일그러졌다.

'젠장. 이러면 곤란한데…….'

이안이 처치한 녀석의 사체에 목걸이가 버젓이 걸려 있었기 때문이었다.

'그렇다면 이제 확인해야 할 것은…….'

이안의 신형이 다시 빠르게 움직였다.

전장에 남아 있는 여덟 마리의 바위괴물 중, 열쇠를 가진 녀석이 몇 놈인지 파악해야 하기 때문이었다.

이렇게 된 이상, 목걸이를 목에 건 녀석들은 전부 처치해 보는 수밖에 없는 상황이 되었다.

쿵– 쿵– 쿵–!

바위괴물들의 육중한 주먹이, 이안이 지나간 자리에 연달아 떨어져 내렸다.

하지만 이안의 날랜 몸놀림은, 단 한 번의 공격조차 허용하지 않았다.

그리고 이안이 전장을 한 바퀴 다 돌아본 순간.

쿠우웅–!

한 마리의 바위괴물이 추가로 소환되었다.

이안은 재빨리 시선을 돌려 녀석의 목 부분을 살펴보았다.

"……!"

그리고 녀석의 목에는 열쇠가 걸려 있지 않았다.

이안의 한쪽 입꼬리가 씨익 말려 올라갔다.

'좋았어. 이러면 승산이 있지……!'

처음 방이 만들어질 때 소환되어 있던 바위괴물들의 숫자는 여덟.

한 마리를 처치하였음에도 불구하고, 현재 소환되어 있는 바위괴물들의 숫자는 아홉.

방이 열린 지 6분이 넘어가는 시점에 오히려 한 마리의 바위괴물이 늘었지만, 이안의 표정은 전혀 어둡지 않았다.

충분히 승산이 있다는 판단을 했기 때문이었다.

'앞으로 남은 시간은 대략 24분…….'

이안의 머릿속에 지금까지 정리된 정보는, 총 세 가지였다.

첫째, 이안이 이 방에 들어온 이후 추가로 소환된 바위괴물은 두 마리이며, 그들 둘은 모두 열쇠를 목에 걸고 있지 않았다.

둘째, 기존에 있던 여덟 마리의 괴물들은, 전부 목걸이를 목에 걸고 있었다.

셋째, 이안이 한 마리를 처치하는 데 걸리는 시간은 4~5분여 정도. 반면에 새로운 골렘이 젠 되는 데 걸리는 시간은 2~3분이다.

별것 아닌 것이라 생각할 수도 있는 정보지만, 이안은 이 정보들 안에서 몇 가지 경우의 수를 생각해 볼 수 있었다.

그리고 그것을 통해 시나리오를 짜고, 가장 효율적인 공략을 생각해 낼 수 있었다.

'앞으로 젠 되는 녀석들은 건드릴 필요 없어. 어떻게든 최대한 빨리, 기존의 여덟 마리만 전부 처치하면 돼.'

한 마리는 이미 이안의 손에 처치되었으니, 이제 남은 바위괴물의 수는 총 일곱.

이안이 한 마리 처치하는 데 걸리는 시간이 4~5분 정도였으니, 일곱 마리를 전부 처치하려면 30분 정도가 걸리게 된다.

그리고 마지막 두 마리를 처치해야 하는 시점부터는, 골렘의 젠 속도가 빠르게 증가하기 시작할 것이다.

'마지막 녀석을 처치할 때 쯤 이면, 새로운 골렘이 거의 열다섯 마리는 쌓이겠어.'

계산을 마친 이안은 이를 악물었다.

운이 좋아 열쇠가 빨리 드롭된다면 상관없겠지만, 만약 마지막 한 마리가 열쇠를 가지고 있다면 쉽지 않은 싸움이 될 것이기 때문이다.

그리고 이안은, 퀘스트의 향방을 운에 맡겨 놓을 생각이 없었다.

이안의 성격상, 최악의 경우를 가정하고 그 최악의 상황에서도 퀘스트를 클리어할 수 있게 만들어야 했으니까.

'한 마리씩 잡아서는 안 돼. 어떻게든 처치 타임을 단축시킨다!'

피피핑-!

어느새 생성된 화염의 장궁에서, 연달아 화살이 뻗어 나가기 시작했다.

그리고 놀랍게도, 그 화살들은 각기 다른 목표를 향해 날아가고 있었다.

퍼퍽- 퍼퍼퍼퍽-!

거의 동시에 화살에 맞은 일곱 마리의 골렘들이 이안을 맹렬히 쫓아오기 시작했다.

'화염' 속성은 '바위' 속성에 제대로 된 대미지를 입히지 못한다.

상성 관계에서 거의 절반의 위력이 손실되기 때문이다.

그렇다면 왜 이안은, 창을 휘둘러 노멀 타입의 공격을 할 수 있음에도 불구하고 계속해서 정령 마법을 사용하는 것일까?

그에 대한 해답은 간단했다.

위력의 손실이 있음에도 불구하고, 정령 마법의 DPS가 약간 더 높게 나오기 때문이다.

게다가 무기를 들면 근거리 공격을 해야 하지만, 화염시를 쏘는 것은 원거리 공격이다.

피격에 대한 리스크가 줄어드는 것.

하지만 그럼에도 불구하고, 무기를 들어야 하는 상황이 한 가지 있다.

그것은 바로, '정령 마력'을 전부 소진했을 경우였다.

'어쩔 수 없어. DPS를 한계까지 끌어올리려면⋯⋯!'

현재 이안의 초월 정령 마력은 천이 조금 넘는 수준이다.

그리고 '지옥의 화염시' 정령 마법은 한 번 발동될 때마다 100의 초월 정령 마력을 소진한다.

이안의 화살이 단 한 발도 빗나가지 않는다는 가정 하에, 총 이백 발의 화살을 쏘고 나면 정령 마력이 모두 소모되는 것이다.

물론 정령 마력은 시간이 지남에 따라 지속적으로 차오르지만, 그것을 감안해도 무한정 마법 사용이 가능한 것은 아니다.

하여 이안은 지금까지 최대한 효율적으로 정령 마력을 사용하고 있었다.

열 개의 표식이 모여 터지면서 '지옥의 화염시' 마법의 재사용 대기 시간이 돌아와도, 나머지 화살을 알뜰하게 다 쓴 뒤에야 마법을 다시 발동시켰던 것이다.

아그비와 함께 표식을 쌓다 보니 사실상 5발 정도만 쏴도 표식이 전부 쌓이지만, 20발을 다 소진할 때 까지 한발 한발 빗나가지 않게 신중히 쏜 것이다.

'하지만 이렇게 된 이상 전략을 바꾸는 수밖에.'

이안은 거의 뿌리듯 화살을 난사하며, 바위괴물들을 구석으로 몰기 시작했다.

지금까지는 한 마리에 극딜을 하여 하나씩 잘라내는 전략이었다면, 이제부턴 여러 마리에게 무작위로 딜을 넣기로 한 것이다.

시위를 당길 오른손을 몇 차례 쥐락펴락 한 이안이, 거침없이 시위를 당기기 시작한다.

피핑- 피피피핑-!

그러자 정말 미친 속도로, 화살들이 허공으로 흩뿌려졌다.

-몬스터 '리프로봇'에게 치명적인 화염 피해를 입혔습니다!

-'리프로봇'의 생명력이 77만큼 감소합니다.

−'지옥불' 표식의 중첩이 Maximum이 되었습니다.

　　−표식이 강력한 폭발을 일으킵니다.

　　−몬스터 '리프로봇'에게 치명적인 화염 피해를 입혔습니다!

　　−'리프로봇'의 생명력이 669만큼 감소합니다.

　　지금까지도 이안의 연사속도는 충분히 훌륭했다.

　　거의 초당 2발의 화살을 쏘아 대면서도, 100퍼센트의 명중
률을 자랑했으니 말이다.

　　하지만 지금과 비교하자면, 그 정도는 새 발의 피라고 할
수 있었다.

　　누가 본다면 그냥 아무데나 쏘는 것 아니냐고 할 만큼, 미
친 듯한 속도로 화살을 뿌려 대고 있었으니까.

　　−'지옥불' 표식의 중첩이 Maximum이 되었습니다.

　　−표식이 강력한 폭발을 일으킵니다.

　　−'지옥불' 표식의 중첩이 Maximum이 되었습니다.

　　−표식이 강력한 폭발을 일으킵니다.

　　콰쾅− 쾅!

　　거의 2~3초에 한 번, 표식이 터져 나가는 소리가 울려 퍼
졌다.

　　그리고 이것이 가능할 수 있었던 이유는 이안이 바위괴물
들을 몰아놓고 마구잡이로 쏴 대었기 때문이었다.

　　누가 맞아도 상관없었고, 심지어 어쩌다 한 발쯤은 빗나가
도 관계없었다.

어차피 표식이 한 번 쌓일 때까지만 집중해서 맞추면, 재사용 대기 시간은 돌아오게 되니 말이다.

표식이 터지고 난 뒤 남아있는 10~15발 정도의 화살은, 말 그대로 난사하고 있는 것.

콰콰쾅―!

그러자 이안의 정령 마력은 급속도로 축나기 시작했다.

―'지옥의 화염시' 정령 마법을 사용하여 정령 마력이 100만큼 소진됩니다.

―'지옥의 화염시' 정령 마법을 사용하여 정령 마력이 100만큼 소진됩니다.

그리고 2분도 채 지나기 전에, 모든 정령 마력이 소진되고 말았다.

―'지옥의 화염시' 정령 마법을 사용하여 정령 마력이 100만큼 소진됩니다.

―정령 마력이 부족하여 더 이상 정령 마법을 발동시킬 수 없습니다.

메시지를 확인한 이안의 눈이 날카롭게 빛났다.

이안의 시선이, 바위괴물들의 생명력 게이지 바를 빠르게 훑고 지나갔다.

'정령 마력이 다시 찰 동안, 한 놈은 무조건 처치한다.'

그가 계속해서 표식을 터뜨린 바위괴물의 생명력은 절반 이하로 떨어져 있었고, 나머지 녀석들의 생명력은 골고루 5퍼센트정도씩 깎여 있었다.

정령 마력이 다시 차오르려면 1~2분 정도는 걸릴 테니, 그 사이 가장 생명력이 낮은 녀석을 제거할 계획이었다.

"흐읍!"

어느새 정령왕의 심판을 꺼내 든 이안이, 전방을 향해 있는 힘껏 팔을 내뻗었다.

쐐애애액-!

이어서 강렬한 뇌전을 머금은 정령왕의 심판이 바위괴물의 가슴에 정확히 작렬했다.

콰쾅- 콰콰쾅-!

-몬스터 '리프로봇'에게 치명적인 피해를 입혔습니다!

-'리프로봇'의 생명력이 395만큼 감소합니다.

그리고 그것으로 끝이 아니었다.

창을 투척한 직후 빠르게 블러드 리벤지를 장착한 이안의 신형에서, 핏빛 안개가 뿜어져 나오기 시작했으니까.

우우웅-!

강렬한 진동음과 함께, 이안의 신형이 붉게 물들었다.

그리고 붉은 빛줄기가 된 이안의 몸이, 마치 빨려 들어가듯 바위괴물을 향해 쇄도하였다.

촤라락-!

-고유 능력, '블러드 스플릿'을 발동합니다.

-몬스터 '리프로봇'에게 치명적인 피해를 입혔습니다!

-몬스터 '리프로봇'에게 치명적인 피해를 입혔습니다!

-몬스터 '리프로봇'에게 치명적인 피해를 입혔습니다!

-조건을 충족하였습니다.

-'블러드 스플릿'의 재사용 대기 시간이 초기화됩니다.

바위괴물들은 무척이나 둔하다.

때문에 치명타를 터뜨리는 것은, 너무도 쉬운 일이었다.

마치 닭갈비를 꼬챙이에 꿰어 버리듯, 블러드 스플릿 한번으로 세 마리의 바위괴물을 꿰뚫고 지나간 이안.

그의 신형이 또다시 핏빛 안개에 휩싸였다.

좌락- 좌라라락-!

-고유 능력 '블러드 스플릿'을 발동합니다.

눈이 부시도록 붉은 빛을 뿜어내는 섬광이 바위괴물들의 사이를 연속해서 난자하고 지나갔다.

물론 무한정 블러드 스플릿을 발동시킬 수 있는 것은 아니었다.

어쨌든 치명타 확률은 100퍼센트가 아니었고, 3회 이상의 치명타가 터지지 않는 순간 스킬 연계는 끊기게 되니 말이다.

하지만 이안이 뽑아낸 DPS는, 말 그대로 비현실적인 수준이었다.

콰쾅-!

-몬스터 '리프로봇'에게 치명적인 피해를 입혔습니다!

-'리프로봇'의 생명력이 전부 소진되었습니다.

－'리프로봇'을 성공적으로 처치하셨습니다!

－초월 경험치를 109만큼 획득하였습니다.

－17 아스테르를 획득하였습니다.

이안의 검에서 붉은 섬광이 터져 나오며, 또 한 마리의 바위괴물이 무너져 내렸다.

바위괴물을 처치하는 데 걸린 시간은 이전보다 크게 빨라지지 않았지만, 상황은 전혀 달랐다.

남아 있는 다른 바위괴물들의 생명력이 골고루 10퍼센트도 넘게 깎여 있었으니 말이다.

쿵－!

바위괴물이 쓰러지며, 장내에 육중한 진동이 울려 퍼졌다.

이번에도 열쇠는 획득할 수 없었지만, 이안은 조금도 실망하지 않았다.

그는 어차피, 열쇠를 지닌 여덟 마리를 전부 처치할 생각이었으니까.

타탓－!

괴물의 사체를 밟고 튀어 오른 이안이 검을 다시 꽂아 넣었다.

정령 마력이 거의 다 차올랐으니, 다시 활질을 시작할 타이밍이었기 때문이다.

그런데 바로 그때였다.

－주인, 위험하다!

이안의 반대편 허공에 떠 있던 아그비가 놀란 어조로 소리쳤다.

이안의 뒤편으로, 거대한 돌주먹이 날아들고 있었기 때문이다.

그워어어-!

하지만 이안은 전혀 당황하지 않았다.

이미 그 정도의 느릿한 공격은, 예측하고 있었으니 말이다.

콰앙-!

어느새 이안의 뒤편에 나타난 '귀룡의 방패'가, 바위괴물의 주먹을 막아 내었다.

-방패 막기에 성공하셨습니다!

-91.95퍼센트만큼의 피해를 흡수합니다.

-생명력이 198만큼 감소합니다.

그리고 그 사이, 어느새 멀찍이 튀어나가 괴물들과 거리를 벌린 이안.

"제발 좀 뒈져라, 돼지들아!"

허공에는 또다시 화염의 빗줄기가 쏟아져 내리기 시작했다.

"자, 레미르 누나, 부탁해!"

"알았어. 간다!"

오늘도 평화롭게 사냥 중인 로터스의 길드 파티.

처음에는 유피르 산맥의 외곽지대만을 돌며 사냥 중이던 로터스의 길드 파티는, 이제 제법 깊숙한 곳까지 진입해 있었다.

그동안 레벨이 오르면서 파티의 전력이 강화되었기 때문이다.

콰쾅- 콰콰쾅-!

전장에 연속해서 폭발음이 울려 퍼지면서, 속박 스킬에 발이 묶인 트롤들이 까맣게 그을렸다.

크워어어!

캬아아악!

훈이의 광역 속박 기술과 레미르의 광역 화염 마법이 연계되며, 강력한 시너지가 발동된 것이다.

그리고 레미르가 소환한 화염 폭발이 끝나자마자, 각종 광역 마법들이 전장을 수놓았다.

쩌정- 쩌저정-!

그중 가장 돋보이는 건 피올란이 구사하는 빙계 마법 스킬인 프로즌 헬.

겉으로 보이는 '위력이야 레미르의 마법보다 떨어졌지만, 사실 지금 사냥에서는 이 마법이 핵심이라 할 수 있었다.

프로즌 헬의 부가 옵션인 '한기 중독' 효과가, 트롤들을 상대하는 데 무척이나 유용했기 때문이었다.

한기 중독 효과는 수많은 상태 이상 효과 중에서도 상위
티어에 속하는 옵션이었다.

디버프의 위력이 그 어떤 상태이상과 비교해도 강력한 수
준이기 때문이다.

특히 '생명력 회복 속도 90퍼센트 감소'라는 효과가 트롤들
에게는 재앙이라 할 수 있었다.

트롤들의 가장 큰 무기가 엄청난 재생력이기 때문이다.

이 유피르 산맥에 있는 만렙 트롤들의 경우, 빈사 상태로
만들어 놔도 20초 정도면 생명력을 전부 회복해 버린다.

그런데 이 회복 속도를 90퍼센트나 억눌러 놓을 수 있으
니, 그야말로 하드 카운터인 것이다.

쩌정- 쩌저정-!

회오리처럼 뿜어져 나간 얼음의 파편들이 트롤들의 전신
을 난자하기 시작했다.

이어서 '한기 중독' 상태 이상에 걸린 트롤들의 피부색이
파랗게 변하였다.

"피올란 님, 나이스!"

"자, 이제 마무리!"

거의 빈사상태가 된 다섯 마리의 트롤들을 향해 파티원들이 일제히 달려들었다.

만랩 트롤들의 공격력은 엄청나서 마법사나 궁사의 경우 한 대만 잘못 맞아도 사망할 수 있는 수준이었지만, 한기 효과가 지속되는 동안은 공격에 맞아 줄 이유가 없었다.

몽둥이를 거의 굼벵이 수준으로 느리게 휘두르니 말이다.

"유신, 맨뒤에 있는 놈부터 자르자!"

"알겠어! 맡겨만 달라고!"

제대로 움직이지 못하는 트롤들을 향해 신이 나서 공격을 퍼붓는 로터스의 딜러들.

한기중독의 효과는 10초 정도 지속되니, 그 안에만 전부 처치하면 전투는 끝날 것이다.

하지만 바로 그 순간.

뿌우우우-!

전장 뒤쪽에 있는 숲속 어딘가에서, 커다란 뿔피리 소리가 울려 퍼지기 시작했다.

"……!"

"미친, 왜 하필 지금!"

그리고 그 소리를 들은 파티원들의 얼굴은 흙빛이 되고 말았다.

뿔피리가 울려 퍼졌다는 건 트롤 제사장이 나타난다는 이야기였으니 말이다.

"제기랄! 빨리 조져!"

"레미르 누나, 쿨 돌아온 광역기 없어?"

"없어! 방금 전에 다 퍼부었다고!"

트롤 제사장이 무서운 이유는 녀석의 전투 능력 때문이 아니었다.

녀석이 까다로운 이유는 다른 트롤들을 서포팅해 주기 때문이었다.

각종 강력한 버프들을 걸어 주기도 하고 생명력을 회복시켜 주기도 하며, 심지어는 걸려 있는 디버프를 전부 해제시켜 버리기도 하니 말이다.

그리고 지금 만약 녀석이 한기 중독을 해제해 버린다면, 전세는 완전히 역전된다.

"젠장, 아무래도 빼야겠지?"

파티장인 헤르스가 이를 악물며 중얼거렸다.

만약 지금 후퇴한다면 파티에 피해는 없겠지만, 지금까지 깎아 놓은 트롤들의 생명력이 너무 아까웠기 때문이다.

그런데 그때, 헤르스의 뒤쪽에서 누군가의 목소리가 들려왔다.

"나약한 소리를 하는군, 헤르스 대공."

누구의 목소리인지를 곧바로 깨달은 헤르스가 뒤도 돌아

보지 않고 입을 열었다.

"그럼 이 상황에서 어쩔 건데, 카이자르. 아무리 너랑 헬라임이라고 해도 지금 상황에선…….”

하지만 헤르스는 말을 더 이을 수 없었다.

갑자기 파티의 뒤쪽에서, 몇 구의 그림자가 튀어나간 것이다.

"……!”

그리고 그들을 발견한 헤르스는 당황할 수밖에 없었다.

그들의 정체는 바로, 이안이 맡겨 놓고 간 가신들.

자신이 따로 오더를 내리지 않았는데 그들이 나서는 상황은, 헤르스로서도 처음 겪었기 때문이었다.

"어, 어어……?”

다른 파티원들 또한 당황하기는 마찬가지였다.

지금은 누가 봐도 빼야 하는 상황이었는데, NPC들이 무리한 공격을 감행하는 것처럼 보였으니 말이다.

심지어 그중에서도 가장 당황스러운 부분은…….

"까망이, 쟤는 왜 저기 있는 거야?”

지금까지 쩔을 받고 있던 까망이가 가장 선두에 있다는 점이었다.

"이제 갓 300레벨이 여기서 뭘 하겠다고?”

어처구니없다는 표정으로 까망이의 뒷모습을 응시하는 훈이.

하지만 잠시 후, 파티원들의 '당황'은 곧 '경악'으로 바뀌었다.

촤아악-!

새카맣고 거대한 날개를 펼친 까망이가 엄청난 어둠의 기운을 뿜어내며 전방으로 쇄도했기 때문이었다.

쐐애애애애액-!

양쪽으로 날개를 길게 펼친 까망이는 순식간에 다섯 마리의 트롤들을 훑고 지나갔다.

그리고 까망이의 그림자가 지나간 자리에는…….

펑- 퍼퍼펑-!

거대한 어둠의 폭발이 연쇄적으로 일어나며 트롤들을 집어삼켰다.

"……!"

트롤들의 생명력 게이지를 보고 있던 헤르스의 두 눈이 커다랗게 확대되었다.

'말도 안 돼……!'

고작 300레벨 정도밖에 되지 않는 까망이의 광역 공격이, 트롤들에게 유의미한 대미지를 주고 있기 때문이었다.

물론 15퍼센트 정도 남아 있던 트롤들의 생명력 게이지가 10퍼센트 정도로 줄어든 정도였지만, 레벨 차이를 생각하면 정말 상식을 벗어난 수준의 위력.

헤르스의 시선이 바쁘게 전장을 훑었다.

까망이가 제법 많은 피해를 입히긴 했지만, 아직도 트롤들의 생명력은 제법 남아 있었다.

이러나저러나 제사장이 등장하는 순간 도로아미타불이 되는 것은 마찬가지였다.

'대단하긴 하지만, 이젠 어쩔 건데……?'

헤르스는 이안의 가신들이 가진 고유 능력들을 정확히 모른다.

그들과 파티플레이를 많이 해 봤기 때문에 어떤 종류의 스킬을 쓰는지 정도는 알았지만, 정확한 발동 조건이나 소모값 같은 것들을 모른다는 의미다.

그래서 지금 이 상황이, 어떻게 연계될지 짐작이 되질 않았다.

'젠장, 진성이 가신들 두고 뒤로 빠질 수도 없고…….'

너무도 애매한 상황에, 쉽게 오더를 내리지 못하고 있는 헤르스.

하지만 다음 순간, 헤르스의 고민은 그대로 사라졌다.

콰앙-!

허공으로 뛰어오른 헬라임의 신형이 어둠 속으로 스며들더니, 트롤들의 머리통을 깨부수기 시작했으니까.

쾅-!

-파티원 '헬라임'이, 고유능력 '다크 비전Dark Vision'을 발동합니다.

-'헬라임'이 '포레스트 트롤'에게 치명적인 피해를 입혔습니다.

-'포레스트 트롤'의 생명력이 전부 소진되었습니다.

-'포레스트 트롤'을 성공적으로 처치하였습니다!

콰쾅-!

-'포레스트 트롤'의 생명력이 전부 소진되었습니다.

-'포레스트 트롤'을 성공적으로 처치하였습니다!

콰콰쾅-!

-'포레스트 트롤'을 성공적으로 처치하였습니다!

-'포레스트 트롤'을 성공적으로 처치하였습니다!

헬라임의 고유 능력인 다크 비전은 '어둠 속성'의 피해를 받은 대상에게로 순간이동하며 발동이 가능하다.

그리고 다크 비전에 의해 적이 사망하면, 곧바로 재사용 대기 시간이 초기화된다.

까망이의 광역 공격으로 인해 트롤들에게는 전부 어둠 속성의 피해가 묻어 버렸고, 생명력은 10퍼센트 수준까지 떨어져 내렸다.

하여 다크 비전으로 연속해서 순간이동 공격을 하며, 싹쓸어 버릴 수 있는 그림이 나온 것이다.

그 사이 카이자르는 제사장이 접근하지 못하도록 막고 있었고 말이다.

쿠웅-!

거대한 트롤들의 신형이 무너져 내림과 동시에.

척-!

헬라임이 검은 망토를 휘날리며 지면에 착지하였다.

그리고 그 광경을 멍하니 보고 있던 훈이가 자괴감에 빠진 표정으로 중얼거렸다.

"이 형은 무슨……. 없는 데서도 캐리하네."

한편 같은 시각.

'바위의 방'에 갇혀 있는 이안은 삐질삐질 땀을 흘리며 고군분투하고 있었다.

자리에 없는 가신들을 아쉬워하면서 말이다.

'젠장! 카이자르나 헬라임 중 하나만 데려왔어도 훨씬 할 만했을 텐데!'

이안은 그야말로 이를 악문 채, 미친 듯이 활시위를 당기고 있었다.

DPS를 극대화시켰음에도 불구하고, 바위괴물들의 숫자는 줄어들질 않았기 때문이었다.

젖 먹던 힘까지 끌어올린 끝에, 겨우 젠 되는 속도와 처치 속도의 균형을 맞춘 수준.

'조금만 더 힘내자! 이 고비만 넘기고 나면, 남은 방들은 수월할 거야.'

쉼 없이 손을 놀린 탓에 팔 근육이 다 얼얼할 지경이었지만, 이안은 멈출 수가 없었다.

조금이라도 느슨해지는 순간, 더 많은 바위괴물이 쌓일 테니 말이다.

지금도 전투 공간이 부족한 마당에, 한 마리라도 더 누적되면 최악의 상황으로 치달을 것이 분명했다.

"아그비, 왼쪽부터!"

—알겠다, 주인.

짧게 대답한 아그비가 화염의 구체를 연속으로 날려 댄다.

그러자 아그비의 고유 능력 '도깨비불'이 발동되며, 불덩이가 옆으로 튕겨 나갔다.

이어서 이안이 바위괴물들의 생명력 게이지를 빠르게 살폈다.

'지금이야!'

이안의 시선이 고정된 곳은, 측면에 몰려 있는 두 마리의 바위괴물들.

녀석들은 둘 다 거의 빈사 상태에 빠져 있었고, 이안은 한 번에 두 놈을 전부 터뜨릴 생각이었다.

'화염 폭발을 중첩시키면 충분히 가능해.'

표식이 터지면서 일어나는 폭발은, 일정 범위 안에 피해를 입히는 광역 공격이다.

바위괴물들의 덩치가 큰 탓에 두 마리 이상을 범위 안에 집어넣기는 쉽지 않았지만, 지금이라면 가능할 것 같았다.

아그비와 함께 열심히 녀석들을 구석으로 몰아넣은 탓에, 두 녀석이 거의 1미터 이내의 거리에 붙어 있었기 때문이다.

이안의 활시위를 떠난 화염시들이 두 마리 바위괴물들의 몸통에 연달아 틀어박혔다.

그리고 화살이 다 떨어지기 직전.

−'지옥불' 표식의 중첩이 Maximum이 되었습니다.

−'지옥불' 표식의 중첩이 Maximum이 되었습니다.

기다렸던 시스템 메시지 두 줄이 동시에 떠올랐다.

콰콰쾅−!

두 개의 표식이 동시에 터지자, 장내에 굉음이 울려 퍼졌다.

그리고 이안의 예상대로 두 마리 바위괴물의 생명력이 전부 소진되었다.

−'리프로봇'의 생명력이 전부 소진되었습니다.

−'리프로봇'을 성공적으로 처치하셨습니다!

−'리프로봇'을 성공적으로 처치하셨습니다!

−초월 경험치를 107만큼 획득하였습니다.

−초월 경험치를 112만큼 획득하였습니다.

이안은 마른침을 꿀꺽 삼키며, 쓰러진 두 녀석의 사체를 향해 뛰어갔다.

'제발……!'

이제 남아있는 바위괴물들 중 열쇠를 목에 건 녀석은 단 두 마리.

방금 두 마리를 터뜨림으로 인해 여덟 마리 중 여섯 마리를 처치한 것이니, 이제는 열쇠가 나올 때도 되었다고 생각했다.

타탓-!

달려드는 바위괴물의 어깨를 밟고 튀어 오른 이안이 두 마리의 사체를 향해 손을 뻗었다.

그러자 이안의 눈앞에 새로운 시스템 메시지들이 떠올랐다.

띠링-!

-16아스테르를 획득하였습니다.

-180아스테르를 획득하였습니다.

-'바위의 중급 영혼 결정' 아이템을 획득하셨습니다.

-'바위의 열쇠' 아이템을 획득하셨습니다.

-'고장 난 암호 해독기' 아이템을 획득하셨습니다.

'됐어!'

바위의 열쇠라는 문구를 본 순간, 이안은 자신도 모르게 주먹을 불끈 쥐었다.

정말 극한의 상황까지 몰린 끝에 겨우 획득할 수 있었던 아이템이었기에, 어지간한 득템보다 가슴이 벅차오르는 기분이었다.

하지만 다음 순간…….

"……?"

그 아래 쓰여 있는 또 하나의 문구를 확인한 이안은 묘한 표정이 되고 말았다.

'고장 난 암호 해독기라고?'

순간 이안의 머릿속에, 한 가지 기억이 스쳐 지나갔다.

기계파수꾼을 처치했던 당시, 이안은 의문의 아이템을 하
나 손에 넣은 적이 있었다.

그것은 바로 '하급 기계소환수 설계도' 아이템.

처음 그것을 얻었을 때 이안은 무척이나 설레는 기분이
었다.

새로운 종류의 소환수를 얻을 수 있는, 신규 콘텐츠의 발
견이었으니 말이다.

하지만 그 설렘도 잠시였다.

카일란은 이안에게 그렇게 쉽게 신규 콘텐츠를 열어 주지
않았다.

아이템의 정보를 확인하려던 이안에게 정보 창 대신 두 줄
의 메시지를 던져 주었을 뿐이었다.

-봉인된 이계 문명의 유산입니다.

-봉인을 해제하려면 '암호 해독기' 아이템이 필요합니다.

때문에 이안은 이제껏 기계소환수 설계도를 인벤토리 구
석에 쳐 박아 둘 수밖에 없었다.

'암호 해독기'라는 아이템에 대한 정보는 탐험가 클래스의 랭킹 1위인 릴슨조차도 알지 못했으니 말이다.

봉인을 풀기 위한 단서가 전혀 없었으니, 일단 정령계의 퀘스트를 진행하고 있었던 것.

물론 그리퍼라면 알고 있을지도 모른다는 생각도 잠깐 했었다.

하지만 당장 진행할 다른 퀘스트들이 많았으며, 그것들을 진행하다 보면 실마리를 얻을 수 있을지도 모른다는 생각이 들었다.

정령계의 에피소드 자체가 기계문명과 밀접한 관련이 있으니 말이다.

그리고 이안의 예상은 적중했다.

이렇게 바위괴물로부터 '암호 해독기' 아이템을 얻었으니까.

비록 '고장난'이라는 수식어가 붙어 있는 '반쪽짜리'이기는 하지만 말이다.

'일단 오염된 광산부터 클리어하고 나서 생각하자.'

획득한 아이템들을 인벤토리 안에 갈무리한 이안은 빠르게 철문을 향해 내달렸다.

바위괴물들이 쫓아오기는 했지만, 그 거대한 덩치로 이안을 따라잡을 수 있을 리 만무했다.

금세 철문에 도착한 이안은, 구석에 보이는 커다란 열쇠구멍을 향해 '바위열쇠'를 꽂아 넣었다.

열쇠의 크기 자체가 야구방망이만 한 수준이었기 때문에, 모양을 맞춰 끼워 넣는 것은 전혀 어렵지 않았다.

드르르륵-!

열쇠를 꽂아 넣은 이안이 시계 방향을 향해 그것을 돌리자, 던전에 다시 굉음이 울려 퍼졌다.

그궁- 그그궁-!

이어서 남아 있던 바위괴물들이 포효하며 무너져 내렸다.

그워어어!

'됐어!'

기관이 작동하는 것까지 확인한 이안의 입에서 안도의 한숨이 새어 나왔다.

혹시나 열쇠가 맞지 않는다거나 하는 불상사가 생길 경우의 수도, 마음속 한편에 가지고 있었던 것이다.

그리고 잠시 후, 이안의 눈앞에 기다렸던 시스템 메시지들이 떠올랐다.

띠링-!

-'바위의 방'을 성공적으로 탈출하셨습니다.

-'소환' 스킬 제한이 해제됩니다.

-'귀환' 스킬 제한이 해제됩니다.

-첫 번째 페이즈를 클리어하셨습니다.

'좋았어!'

이마를 타고 흘러내리는 땀을 훔친 이안은, 오른팔의 근육을 한차례 풀어 주었다.

근육을 한계 이상으로 사용한 탓에 저리다 못해 쥐가 났기 때문이었다.

만약 이 페이스로 10분만 더 전투가 이어졌다면, 아무리 이안이라 해도 더 버텨 내지 못했을 것이었다.

'자, 다음은 뭐냐?'

넓은 직사각형 모양의 방이었던 공간은, 어느새 다시 기다란 구조의 통로로 바뀌어 있었다.

그리고 이안은 그 안쪽을 향해 성큼성큼 다가갔다.

금지되어 있던 '소환' 스킬과 '귀환' 스킬의 제약이 풀렸지만, 그것은 이제 의미 없었다.

귀환 스크롤을 써서 퀘스트를 포기할 생각이 전혀 없을 뿐더러, 쨱이와 아그비 외에 다른 녀석들을 소환할 생각도 없었기 때문이었다.

아마 누군가 이안의 생각을 알았더라면, 미련하다 생각했을지도 모른다.

첫 번째 관문을 겨우 통과한 주제에 고집을 부리는 것 같이 느껴질 테니 말이다.

하지만 이안은, 단지 고집만으로 밀어붙이는 타입이 아니었다.

이안은 앞으로의 관문들이, 방금 통과한 '바위의 방' 보다 훨씬 쉬울 것이라고 예상하고 있었다.

'또다시 바위 속성의 방이 등장하지 않는 한 말이지.'

현재 이안의 주력 정령인 아그비의 속성은 화염이다.

그리고 화염 속성과 상성이 좋지 않은 속성은, 아직까지 카일란에 두 가지뿐이었다.

그것은 바로, 바위 속성과 물 속성.

한데 바위 속성은 방금 통과했으니 등장하지 않을 확률이 높았고, 그렇다면 남아 있는 역상성은 '물' 속성 하나뿐.

그렇다면 이안은 '설마 그 많은 속성들 중에 물 속성이 나오겠어?'와 같은 안일한 마인드로 페이즈를 진행하는 것일까?

당연히 그것 또한 아니었다.

이안은 설사 물 속성의 페이즈가 나오더라도, 클리어할 자신이 있었다.

물 속성에게 가장 강력한 '전격' 속성의 정령.

이안에게는 '쨱이'가 있었으니 말이다.

'게다가 정령왕의 심판에도 전격 속성이 붙어 있고 말이지.'

어쨌든 이런 계산 속에, 이안은 거침없이 던전의 안쪽으로 진입했다.

그 과정에서 처음 보는 기계몬스터들이 등장하기는 했으나, 어렵지 않게 처치하며 진행할 수 있었다.

속성의 방 안에서 등장하던 녀석들과 달리, 광산에 젠되는 녀석들은 기계원숭이들과 크게 다르지 않은 전투력을 가지고 있었으니 말이다.

그렇게 10여 분 정도를 더 안쪽으로 들어갔을까?

드디어 이안의 시야에, 두 번째 페이즈를 알리는 시스템 메시지들이 떠올랐다.

띠링―!

―광산에 설치된 기관이 작동하기 시작합니다.

―두 번째 페이즈가 발동되었습니다.

―'풀의 방'이 열립니다.

'빙고!'

메시지를 확인한 이안의 입에서 실실 웃음이 새어 나왔다.

'전격' 속성에는 강하지만 '화염' 속성에는 무척이나 취약한, '풀' 속성의 페이즈가 시작되었으니 말이다.

그긍― 그그그긍―!

기관이 또다시 작동하기 시작하며, 첫 번째 페이즈와 비슷한 석실이 만들어졌다.

이어서 공간의 곳곳에 거대한 나무괴물들이 소환되기 시작했다.

"으흐흐."

이안은 음흉한 웃음을 흘리며 화염의 장궁을 소환하였다.

방금 전까지 바위괴물들로 인해 쌓여 버린, 스트레스를 풀 시간이었다.

끼이익.

듣기 거북한 마찰음과 함께 조심스레 문이 열린다.

그리고 그 소리를 들은 하린의 고개가 자연스레 소리가 난 방향으로 돌아갔다.

그런데 문이 열린 자리에는 아무도 보이지 않았다.

문이 열렸다면 응당 누군가 들어와야 할 것인데, 마치 귀신이 와서 문을 열기라도 한 것처럼 말이다.

충분히 오싹할 수도 있는 상황이었지만 하린은, 당황하기는커녕 슬쩍 웃음 지었다.

"훗."

누가 들어온 것인지 보이진 않았으나 누군지 알고 있기 때문이었다.

다시 주방을 향해 시선을 돌린 하린은 하던 일을 계속하기 시작했다.

부글부글.

서걱서걱.

듣기만 해도 침이 꿀꺽 넘어갈 만한 맛있는 소리가 울려 퍼지는 주방.

그런데 그 소리들 사이로, 잡음이 슬쩍 울려 퍼졌다.

뿍— 뿌뿍.

그리고 그 소리를 들은 하린이 피식 웃으며 입을 열었다.

"너 요즘 자주 온다, 뿍뿍아?"

주방에 들어온 귀신은 다름 아닌 뿍뿍이였다.

문이 열렸는데 아무도 보이지 않은 이유는 뿍뿍이의 키가 작기 때문이었다.

주방기구들과 탁자에 가려, 문의 아래쪽이 보이지 않았으니 말이다.

하린의 옆으로 쫄래쫄래 다가온 뿍뿍이가 그녀를 올려다보며 입을 열었다.

"배고프다뿍. 지난번에 먹었던 크림 미트볼이 먹고 싶다뿍."

마치 엄마에게 어리광을 부리는 다섯 살 난 아이처럼, 하린에게 칭얼대는 뿍뿍이.

뿍뿍이의 등껍질을 한 번 쓰다듬어 준 하린이 상냥한 목소리로 대답했다.

"잠깐만 기다려. 이 누나가 금방 만들어 줄게."

"뿍! 역시 하린이 최고다뿍!"

만족스런 표정으로 하린의 옆에 엎드린 뿍뿍이는, 얌전히 요리가 완성되기를 기다리기 시작했다.

그리고 그 옆에 선 하린 또한 '크림 미트볼'을 만들었다.

"그런데 뿍뿍아."

"뿍?"

"요즘 왜 이렇게 휴가가 길어?"

"주인이 요즘 정령 친구들 키우느라 바쁘다뿍."

"아하."

"좀 오래 바빴으면 좋겠다뿍. 휴가 길어서 좋다뿍."

하린과 뿍뿍이는 일상적인 대화를 나누기 시작했다.

그런데 일견 자연스러워 보이는 이 상황은 사실 말도 되지 않는 것이었다.

조금만 더 생각해 보면, 뿍뿍이가 지금 무척이나 비정상적인 상황이라는 것을 알 수 있었으니 말이다.

뿍뿍이는 지금 이안이 소환하지 않았음에도, 버젓이 인간계를 활보하고 있는 것이었으니까.

물론 이안에게는 테이밍 마스터 클래스의 티어를 올리면서 얻은, 특별한 스킬이 있다.

그것은 바로 '교감' 스킬.

소환술사가 없는 자리에서도 어느 정도 소환수를 부릴 수 있으며, 심지어 로그아웃한 뒤에도 일정 시간 동안 소환수를 유지시킬 수 있는, 이안의 소환수들을 한층 고통스럽게 만든 스킬 말이다.

하지만 지금 뿍뿍이는 그 스킬과 전혀 상관없이 움직이고 있었다.

만약 뿍뿍이가 교감 스킬의 통제 하에 소환되어 있는 것이라면, 이렇게 하린의 주방에 엎드려서 빈둥거리는 일은 없었을 것이다.

이안이 교감스킬로 뿍뿍이와 연결되어 있다면, 뿍뿍이가 뭘 하고 있는지 전부 확인할 수 있으니 말이다.

뿍뿍이가 게으름피우는 꼴을 이안이 두고 볼 리 없었다.

"뿍─ 뿌뿍─!"

만사가 귀찮다는 듯 짧은 다리로 목을 긁적이는 뿍뿍이.

뿍뿍이는 지금 과거 영초를 찾아다니던 때처럼 자신의 의지로 인간계를 활보하고 있었고, 착한 하린은 뿍뿍이의 행복한 일탈을 이안에게 비밀로 해 주고 있었다.

"배고프다뿍! 뱃가죽이 등껍질에 붙은 것 같뿍!"

"잠깐만 기다려, 인마. 거의 다 됐으니까."

"인마라니…… . 상처 받았뿍. 주인 말투 배우지 마라뿍."

"시끄러."

"뿍─ 뿌뿍─ ."

정감 넘치게 투닥거리던 둘은, 곧 식탁에 앉아 음식을 먹기 시작했다.

크림 미트볼은 뿍뿍이가 좋아하는 별미이기도 하지만, 하린도 종종 즐겨먹는 간식거리였다.

미트볼을 오물거리던 하린이 의미심장한 목소리로 뿍뿍이를 향해 입을 열었다.

"뿍뿍아."

"왜 부르냐뿍?"

"혹시 너 요즘 무슨 고민거리 있어?"

"뿍?"

"요즘 뭔가 우울해 보여서 말이야. 말로만 휴가라고 행복하다고 하고……. 혹시 사냥터가 그리운 거야?"

하린의 물음에, 뿍뿍이는 세차게 고개를 내저었다.

"뿍! 그럴 리가 있냐뿍!"

"흠, 그럼 왜 표정이 어두운 거지……? 근심 있으면 이 누나한테 다 얘기해 봐. 혹시 알아? 내가 도움이 될지."

"뿌욱?"

하린의 은근한 말에 뿍뿍의 동공이 흔들리기 시작했다.

그리고 하린이 그것을 눈치채지 못했을 리 없었다.

"어서 말해 봐. 문제가 뭔데? 혹시 요즘 살 쪄서 등껍질이 꽉 끼는 거야?"

뿍뿍이는 천천히 고개를 저었다.

그리고 비장한 표정으로, 하린을 마주보았다.

"정말 하린에게만 말하는 거다뿍."

뿍뿍이의 말을 들은 하린은 흥미진진한 얼굴이 되었다.

뿍뿍이의 표정을 보니, 무척이나 흥미로운 스토리가 나올 것 같았기 때문이다.

"알았어. 다른 데다 절대로 얘기 안 할 테니까, 얼른 말해 봐."

"뿍……."

뿍뿍이는 잠시 뭔가를 생각하는 듯, 미트볼을 오물거리며 눈을 감았다.

　그리고 잠시 후, 그의 입에서 나온 이야기는 하린이 예상한 것 이상으로 흥미진진한 내용을 담고 있었다.

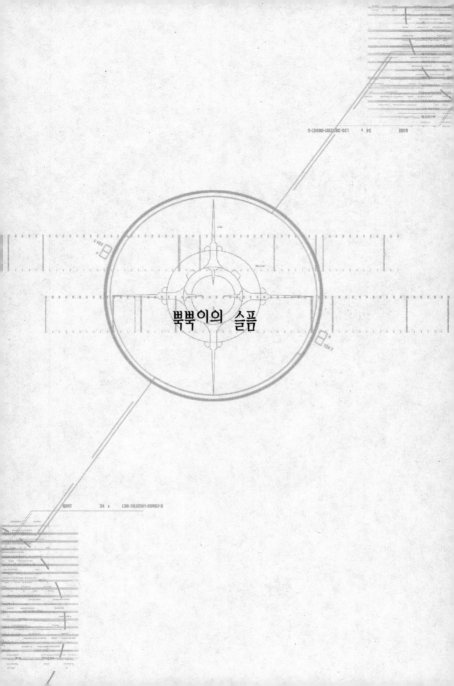

뿍뿍이의 슬픔

Taming Master

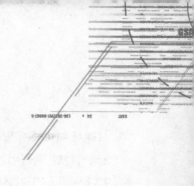

"픕, 그러니까, 상사병……이라는 거네?"

뿍뿍이의 이야기를 듣던 하린의 입에서 자신도 모르게 웃음이 새어 나왔다.

그러자 진지한 표정으로 스토리를 풀던 뿍뿍이의 아랫입술이 삐죽 올라왔다.

"상사병이 뭐냐뿍? 나 지금 진지하다뿍. 웃지 마라뿍!"

마치 마지막 남은 미트볼을 빼앗기기라도 한 양, 분노한 표정이 되어 인상을 쓰는 뿍뿍이.

물론 하린의 눈에는 그마저 귀여워 보일 뿐이었지만 말이다.

하린이 웃으며 말을 이었다.

"아, 알겠어, 뿍뿍아. 누나가 미안해."

"뿍— 뿌뿍—!"

"그래서 어디까지 말했었지?"

씩씩거리던 뿍뿍이는 하린이 나긋나긋한 목소리로 달래
주자 다시 말을 잇기 시작했다.

"정령계의 서리동굴이라는 곳에서 세상에서 가장 아름다
운 거북을 봤다고 했뿍. 그러고 나서 병에 걸렸다고 했뿍."

"아, 그랬었지……."

아련한 표정이 되어 눈을 지그시 감는 뿍뿍이를 보며, 하
린은 웃음이 터져 나올 것만 같았다.

하지만 여기서 웃는다면 뿍뿍이에게 커다란 상처가 될 것
을 잘 알기에 그녀는 필사적으로 웃음을 참아 내었다.

그리고 잠시 후, 심각한 어조로 입을 열었다.

"뿍뿍아."

"뿍?"

"혹시, 눈만 감으면 막 예뿍이가 머릿속에 떠오르고 그
래?"

"뿌뿍?!"

"꿈에도 맘대로 자꾸 나오고."

"뿌욱!"

"예뿍이만 떠올리면 막 가슴이 시리고 그러지?"

"뿌뿍! 대체 어떻게 알았냐뿍?"

하린 상담사의 완벽한 문진에 놀란 뿍뿍 환자는 두 눈을 크게 뜬 채 꿈뻑이기 시작했다.

뿍뿍이로선 등껍질 생기고 처음 겪는 첫사랑의 고통을 하린이 너무도 속속들이 알고 있었기에, 놀라지 않을 수 없었던 것이다.

뿍뿍이의 눈에는 마치, 하린이 독심술을 익히기라도 한 것처럼 보였다.

고객의 격한 반응에 신이 난 하린은 계속해서 진단을 이어갔다.

"어떻게 알긴 어떻게 알아."

"뿌욱?"

"네 표정만 봐도 이 정도는 바로 알 수 있지."

"대, 대단하다뿍!"

하린을 향한 존경심이 마구마구 솟아나는 뿍뿍이의 눈동자.

그녀의 말에 얼마나 집중했는지 뿍뿍이는 접시에 아직 미트볼이 남아 있다는 사실조차 깨닫지 못하고 있는 듯했다.

잠시 뜸을 들인 하린이 은근한 목소리로 말을 이었다.

"이 병은……."

하린이 운을 떼자, 뿍뿍이의 목구멍으로 마른침이 넘어갔다.

꼴깍.

이어서 뿍뿍이의 시선이 그녀의 입에 고정되었다.

"치료할 방법이 단 두 가지밖에 없어. 게다가 그 치료법들은 무척이나 어려운 방법이지."

"뿌욱! 그게 뭐냐뿍! 말해 줘라뿍!"

그리고 그녀의 입에서, 청천벽력과도 같은 이야기가 이어졌다.

"예쁙이가 널 좋아하게 만들거나, 아니면 예쁙이보다 더 예쁜 거북이가 널 좋아하게 만들거나."

"······?"

"이 둘 중 하나를 해내야 치료할 수 있을 거야."

뿍뿍이의 동공에 지진이 일어나기 시작했다.

하린의 말처럼, 그것은 정말 너무도 어려운 치료법들이기 때문이었다.

등껍질을 부르르 떤 뿍뿍이가 힘없이 입을 열었다.

"이 상사병이라는 병······. 불치병이었냐뿍."

아련한 표정, 초점 없는 눈으로 허공 어딘가를 멍하니 응시하는 뿍뿍이.

그 반응에, 이번에는 오히려 하린이 당황했다.

이렇게 이야기하면, 뿍뿍이가 예쁙이의 마음을 얻기 위해 의욕을 불태울 줄 알았기 때문이다.

하린이 얼떨떨한 목소리로 다시 입을 열었다.

"뿍뿍아, 치료법이 두 개나 있는데 왜 이게 불치병이야?"

뿍뿍이의 입에서 짙은 한숨이 새어 나왔다.

"뿌욱……. 일단, 예뿍이보다 예쁜 거북을 찾는 건 불가능하다뿍."

"응?"

"그녀는 완벽하기 때문이다뿍."

"……."

어이없는 표정이 된 하린은 고개를 절레절레 저으며 생각했다.

'후, 콩깍지가 어지간히도 쓰였네.'

본인의 눈에 씐 콩깍지의 존재는 인지하지 못하면서, 뿍뿍이에게 측은한 눈길을 주는 하린.

그녀는 다시 말을 이었다.

"그래. 그건 그렇다 치자……. 그럼 예뿍이의 마음을 얻는 건 왜 불가능한 건데?"

말을 마친 순간, 하린은 또 한 번 당황할 수밖에 없었다.

뿍뿍이의 표정이 거의 울기 직전이었기 때문이다.

'내, 내가 뭔가 말실수라도 한 거야?'

그렁그렁한 표정으로 하린을 올려다보는 뿍뿍이.

이어서 뿍뿍이의 입술 사이로, 떨리는 목소리가 새어 나왔다.

"그것도 불가능하다뿍……."

"음……?"

"예뿍이에겐……."

"……?"

차마 입이 떨어지지 않는지, 아련한 눈빛으로 아래를 내려다보는 뿍뿍이.

"다른 거북이가 있뿍."

뿍뿍이의 입에서, 또다시 생각지도 못했던 말이 튀어나왔다.

바위에 이어 풀, 그에 이어 얼음속성까지.

'속성의 방'이라는 명칭을 가진 세 개의 페이즈를 통과한 이안은, 그야말로 싱글벙글한 상태였다.

"크, 여기가 바로 꿀단지였구나!"

페이즈를 통과하는 동안, 어마어마한 양의 초월 경험치를 획득했기 때문이었다.

원래 같았더라면 거의 사나흘은 노가다 해야 채울 수 있는 양의 경험치를, 불과 반나절 만에 획득한 것.

덕분에 이제 초월 7레벨에서도 이안의 경험치는 거의 최대치까지 가득 차 있었다.

그리고 그것이 가능했던 이유는 다름 아닌 '속성' 때문이었다.

두 번째 페이즈와 세 번째 페이즈의 속성 필드가 화염의 정령인 아그비가 활약하기에 최고의 무대였으니 말이다.

'풀' 속성과 '얼음' 속성은 화염에 가장 취약한 속성들이었고, 아그비와 이안은 말 그대로 날아다녔다.

"수고했어, 아그비."

그리고 이안의 격려에 아그비는 감격한 표정으로 대답했다.

-아니다. 주인. 대단하다.

하급 정령인 아그비는 아직 말을 잘 하지 못한다.

하지만 녀석의 말을 이해하는 데는 크게 어려움이 없었다.

아그비의 표정에는, 무한한 존경심이 어려 있었으니 말이다.

'후후, 짜식, 내 전투 실력에 반했군.'

만족스러운 표정이 된 이안은 씨익 웃어 보였다.

일견 자뻑처럼 보일 수 있을지 몰라도 이안의 생각은 사실이었다.

그 증거로, 60정도이던 아그비의 충성심이 100까지 가득 차올라 있었으니까.

"자, 이제 슬슬 다음으로 넘어가 볼까?"

-좋다. 주인아.

아그비는 화염의 정령이지만, 일반적인 정령이 아니다.

샬론이 말했던 것처럼, 녀석은 염왕의 재목이었다.

그리고 이안은 모르는 사실이었으나, 정령계의 전설 속에 있는 염왕은 무척이나 호전적인 성향의 군주였다.

그러니 이안과 함께하는 치열한 전투들이 마음에 들 수밖에 없는 것이다.

다음 구간을 향해 걸음을 옮기던 이안은 주변을 살피며 속으로 중얼거렸다.

'흠, 이대로 끝일 리는 없고……. 다른 속성의 방이 또 등장하려나?'

두 번째와 세 번째 방의 난이도가 결코 쉬웠던 것은 아니지만, 그래도 A++라는 하드한 난이도를 가진 퀘스트다.

이렇게 얌전하게 끝날 리는 없었다.

'보스 페이즈가 따로 있을 것 같기는 한데…….'

이안은 시야의 구석에 작게 떠올라 있는 던전 정보를 확인해 보았다.

─현재 진행률 : 92퍼센트

이어서 아리송한 표정이 되었다.

진행률 퍼센트가 무척이나 애매하기 때문이었다.

보스 페이즈가 등장하기에는 너무 많이 진행되었고, 그렇다고 이대로 던전이 끝나기에는 부족한 수치.

그런데 그때, 이안의 귓전으로 누군가의 칼칼한 목소리가 들려왔다.

그것은 약간 기계음이 섞인 듯하면서도 나이 많은 노인의 목소리였다.

─감히 내 연구실에 들어오려 하다니. 용서치 않겠다!

이안의 시선은 자연스레 소리가 들려온 방향으로 돌아갔고.

쿵- 쿵- 쿵-!

묵직한 발소리와 함께, 어둠속에서 정체를 알 수 없는 세 구의 그림자가 모습을 드러내었다.

그리고 그들의 모습을 확인한 이안의 두 눈이 살짝 커졌다.

좀 더 정확히 말하자면, 셋 중 가운데 있는 녀석의 모습이 놀라웠다.

"……!"

녀석의 외형이, 이안이 상대했던 기계파수꾼과 거의 비슷한 느낌이었기 때문이다.

다만 조금 다른 것은 심연의 협곡에 있던 녀석보다 덩치가 훨씬 작다는 것 그리고 녀석의 외피가 검붉은 빛을 띠고 있다는 것이었다.

'뭐지? 기계파수꾼……?'

기깅- 기기깅-!

듣기 거북한 쇳소리와 함께, 거대한 몸을 일으키는 녀석.

이어서 이안의 눈앞에 새로운 시스템 메시지들이 떠올랐다.

띠링-!

-기계공학자 '찰리스'가 등장했습니다.

-새로운 퀘스트가 생성됩니다.

'어……?'

이안이 메시지를 확인한 순간, 이번에는 퀘스트 창이 하얗게 펼쳐졌다.

찰리스의 연구실(돌발)(히든)

당신은 오염된 광산을 조사하던 중 광산의 깊숙한 곳에 은둔해 있던 기계공학자 '찰리스'를 발견했다.
그리고 찰리스의 연구실에는 커다란 기계설비가 구축되어 있다.
아마도 찰리스의 기계설비들이, 기계몬스터들을 생산해 내는 근원으로 추정된다.
기계공학자 찰리스를 처치하고 그의 연구실로 들어가, 기계 설비들의 작동을 중지시키자.
만약 기계 설비들이 작동을 멈춘다면, 오염된 광산도 정화될 것이다.
퀘스트 난이도 : A++
퀘스트 조건 : '정령산의 오염된 광산 (에픽)(히든)'퀘스트 진행.
제한 시간 : 없음.
보상 : 알 수 없음.

하린은 뿍뿍이의 이야기에 빠져들었다.

뿍뿍이의 이야기는 마치, 잘 짜인 한 편의 영화를 보는 것 같았으니까.

스토리의 시작은 이러했다.

—나와 함께 가자 예뿍. 여긴 맛있는 것도 별로 없고, 춥고, 외로운 곳이다뿍.

이안이 오염된 광산에 들어간 이후.

뾱뾱이는 이안 몰래 서리동굴에 갔었다.

예뾱이의 아름다운 얼굴을 잊지 못했기 때문이었다.

그녀를 다시 만난 뾱뾱이는 아름다운 예뾱이가 이 춥고 외로운 곳에 혼자 남아 있는 것이 싫었다.

하여 예뾱이를 설득해 보려 하였다.

조금 쑥스럽지만, 그녀와 함께하고 싶은 마음이 더 컸기 때문이다.

하지만 그녀는 뾱뾱이의 제안을 딱 잘라 거절하였다.

─미안해, 뾱뾱. 난 이곳을 떠날 수 없뾱.

─나, 나와 함께 가면 맛있는 미트볼을 잔뜩 먹을 수 있뾱!

─그래도 할 수 없다뾱.

─어째서냐뾱……!

포기를 모르는 집념의 거북이 뾱뾱.

그는 어떻게든 예뾱이를 설득해 보기로 결심했다.

시간이 좀 걸리더라도 그녀가 진심을 느낀다면 결국 함께할 것이라 믿었기 때문이다.

하지만 그 결심은 오래가지 않았다.

예뾱이의 입에서, 충격적인 얘기가 이어졌기 때문이었다.

─나는 여기서 기다려야 하는 거북이 있뾱.

─……!

─그가 돌아왔을 때, 이 자리에 내가 있어 줘야 한다뾱.

─뿌뾱?

-앞으로 백년……. 아니 천년이 더 걸리더라도, 나는 여기서 그를 기다릴 거다뿍.

뿍뿍이에게 이 이야기는 미트볼을 잃어버렸을 때도 느껴보지 못했던 강렬한 충격을 가져다주었다.

-외부 차원계와 완벽히 단절되었습니다.

-지금부터 모든 종류의 '소환' 스킬이 제한됩니다.

-지금부터 모든 종류의 '귀환' 스킬이 제한됩니다.

보스 페이즈가 시작되며 등장한 세 마리의 몬스터들.

시스템 메시지가 떠올랐다 사라지자, 녀석들의 머리에 간결한 정보 창이 떠올랐다.

캘리클롭스 : Lv.15(초월)

마칸하운드 : Lv.14(초월)

어스기간트 : Lv.14(초월)

녀석들은 각기 다른 외형을 가지고 있었다.

왼쪽의 녀석, '마칸하운드'는 머리가 두 개 달린 사자의 형상을 한 괴수였고, 오른쪽의 '어스기간트'는 떡대를 연상케 하는 골렘의 형상이었다.

그리고 가운데에 있는 '캘리클롭스'라는 녀석은 처음에도 언급하였지만, 이안이 처치했던 '기계파수꾼'과 무척이나 흡사한 외형이었다.

녀석들을 한차례 훑어본 이안은 더욱 신중한 표정이 되었다.

'우선 속성이 뭔지부터 확인해 볼까?'

오염된 광산에 등장하는 기계몬스터들의 가장 큰 특징은 '속성'을 가지고 있다는 것이다.

심지어 그 속성의 비중이 원소의 결정체라 할 수 있는 정령과 맞먹을 정도로 높다.

그리고 지금 등장한 이 녀석들에게도 분명 속성이 부여되어 있을 것이다.

때문에 전투에 앞서 속성을 파악해 내는 것이 무척이나 중요한 과제였다.

'왼쪽의 사자 같은 녀석은 화염 속성인 것 같고, 골렘 녀석은 땅 속성이군. 그런데 가운데 있는 저 녀석은……'

왼쪽의 사자와 오른쪽의 골렘은 속성을 파악하는 게 어렵지 않았다.

사자의 경우 갈기에서 대놓고 불이 뿜어져 나오고 있었으며, 골렘은 온몸이 흙으로 만들어져 있었으니 말이다.

게다가 몬스터의 정보를 확인하니, 친절하게 속성 정보까지 확인이 가능하였다.

그런데 문제는 가운데 있는 녀석이었다.

가운데 녀석의 속성 정보에는 '???'라는 문구만 띄워져 있었다.

'뭐지? 이럴 수도 있는 건가?'

이안이 상대했던 기계파수꾼과 거의 흡사한 외형을 가진 고릴라 녀석.

하지만 녀석을 뒤덮고 있는 쇳덩이의 질감은, 시온 속성이었던 기계파수꾼과 완전히 다른 느낌이었다.

마치 기계파수꾼의 몸 전체를 용광로에 한차례 담갔다가 꺼낸 느낌이랄까?

거뭇거뭇한 얼룩과 시뻘겋게 달궈진 쇳덩이가 섞인 그 모습은, 마치 부글부글 끓어오르는 용암을 연상케 하였다.

'이렇게 되면 화염 속성이 아니라는 건데…….'

처음 녀석을 발견했을 때, 이안은 당연히 녀석의 속성이 화염이라 생각했었다.

외형이 마치 용암덩어리 같은 느낌이었으니 말이다.

하지만 화염 속성이라면, 속성 정보가 블라인드 처리되어 있을 이유가 없었다.

이안은 더욱 흥미가 동하는 것을 느꼈다.

"여기가 네 녀석 연구실이라고?"

―그렇다. 인간. 여기가 어딘 줄도 모르고 들어온 것인가?

"처음 와 봤는데 어떻게 알아, 멍충아."

―이이익! 버릇없는 인간, 죽어라!

이안이 살살 약을 올리자, 기계괴수들이 일제히 이안을 향해 달려들었다.

그리고 그것을 시작으로, 첫 번째 페이즈 만큼이나 하드코어한 전투가 시작되었다.

"그래서 예뿍이가 기다리는 그 거북이는 지금 어디에 간 건데?"

"그게 뭐가 중요하냐뿍. 이미 그녀의 마음엔 다른 거북이 들어 있다뿍……."

당장이라도 닭똥 같은 눈물을 떨어뜨릴 것만 같은 표정.

초점 없는 눈으로 먼 산을 바라보는 뿍뿍이.

그런 뿍뿍이를 측은한 표정으로 응시하며, 하린이 다시 입을 열었다.

"그렇다고 이렇게 쉽게 포기할 거야?"

"뿌욱?"

"미트볼이 중요해 예뿍이가 중요해?"

"그, 그야 당연히……."

떨떠름한 표정으로 한차례 꿀꺽 침을 삼킨 뿍뿍이가 천천히 입을 떼었다.

"당연히 예쁘이가 중요하다뿍!"

"방금 좀 고민한 것 같은데……."

"아니다뿍! 고민 같은 거 한 적 없다뿍!"

고개를 횃횃 저으며 하린의 말을 부정하는 뿍뿍이.

피식 웃은 하린이 말을 이었다.

"너 미트볼 없이 살 수 있어?"

뿍뿍이는 단 0.1초의 망설임도 없이 대답했다.

"없뿍."

"그럼 예쁘이 없이도 살 수 없는 거겠네?"

"그, 그게 그렇게 되나뿍?"

"당연하지! 미트볼보다 예쁘이가 중요하다며!"

뭔가 혼란스러운 표정이 된 뿍뿍이를 향해 하린이 빠르게
쏘아붙였다.

"예쁘이보다 예쁜 거북이가 없다면, 다른 선택지는 없어."

"뿌욱?"

"사랑은 쟁취하는 거야."

주먹을 꼭 말아 쥐는 하린을 보며 뿍뿍이도 덩달아 비장한
표정이 되었다.

"그러니까 뿍뿍아, 예쁘이가 기다린다는 그 거북이에 대
해 아는 거 있음 다 말해 봐."

"그게 중요한 거나뿍?"

"당연하지! 지피지기면 백전불태! 상대를 알고 나를 알면 백 번을 싸워도 위태롭지 않은 법."

하린이 뭔가 그럴싸한 말을 하며 전의를 불태우자, 뿍뿍이의 힘없던 표정에도 생기가 돌기 시작했다.

"뿍!"

"그러니까 얘기해봐. 일단 이름은 알아?"

잠시 생각에 잠긴 것인지, 뿍뿍이의 눈꺼풀이 지긋이 내려앉는다.

그리고 잠시 후, 뿍뿍이는 고개를 저으며 대답했다.

"이름은 모르겠뿍. 하지만 그가 왜 돌아오지 않는지는 알고 있다뿍."

"오호?"

재미난 것을 발견한 어린아이처럼 반짝반짝 빛나는 하린의 두 눈동자.

그녀와 눈이 마주친 뿍뿍이가 천천히 말을 이었다.

"그 거북이는, '찰리스'라는 나쁜 인간에게 잡혀 갔다고 했었뿍."

카일란의 퀘스트 창에서, 난이도 산정은 완벽히 절대적인 수치가 아니다.

물론 베이스는 절대적인 난이도를 바탕으로 하지만, 여러 가지 상대적인 요인에 따라 변동 폭이 생기니 말이다.

퀘스트를 받을 당시의 파티 전력과 플레이어의 전투력 등.

여러 가지 상대적 수치로 인해, 퀘스트에 표기되는 난이도는 가변적일 수 있다.

그렇다면 지금, 이안이 받은 퀘스트를 한번 생각해 보자.

이안이 지금 진행 중인 '찰리스의 연구실' 퀘스트.

이 퀘스트의 난이도는 A++이다.

그리고 이안이 과거에 클리어했던 퀘스트.

'기계파수꾼 처치' 퀘스트의 난이도는 A+였다.

때문에 겉으로 보이는 난이도는 분명 '찰리스의 연구실'이 더 높다.

하지만 여기에는 몇 가지 변수가 존재한다.

첫째, 기계파수꾼 퀘스트를 받을 당시 이안에게 세 명의 파티원이 존재했다는 것.

둘째, 기계파수꾼 퀘스트를 받았을 때보다 지금 이안의 초월 레벨이 훨씬 높다는 것.

그리고 두 가지의 변수를 전부 감안했을 때, 찰리스의 연구실 퀘스트의 실질 난이도는 살짝 내려간다고 보아야 맞을 것이다.

이안의 초월 레벨이 올라가긴 했지만, 그 차이가 파티원 셋의 차이를 메울 수는 없으니 말이다.

그래서 이안은, 이 퀘스트가 기계파수꾼 퀘스트랑 큰 차이 없는 난이도일 것이라 추측했다.

그리고 보스 페이즈에 등장한 세 녀석들의 전투력은, 오히려 기계파수꾼보다 약할 것이라 생각했다.

기계파수꾼 퀘스트는 보스 몬스터는 하나이지만, 여기 등장한 이놈들은 세 녀석이었으니까.

그리고 까다롭기 그지없는 '시온' 속성이었던 기계파수꾼과 달리, 여기 이 녀석들 중에는 시온 속성이 없었으니까.

하지만 이안의 예측은, 완벽히 빗나가고 말았다.

'후우…… 무슨 공격력이 이렇게 무식해?'

볼을 타고 흘러내리는 땀을 닦아 낸 이안의 시선이, 시뻘건 고릴라를 향해 고정되었다.

셋 중에서도 특히 이 녀석의 전투력은 당초 이안이 예상했던 수준을 훨씬 상회하고 있었다.

물론 '시온' 속성이었던 기계파수꾼만큼 괴랄한 회복력을 갖고 있지는 않았다.

하지만 전투력, 특히 그중에도 마법 공격력만큼은 기계파수꾼보다 훨씬 강한 수준이었다.

콰콰쾅—!

귀가 먹먹해질 정도의 굉음이 연속해서 울려 퍼지며, 이안의 주변에 연달아 강력한 폭발이 일어났다.

이안은 재빨리 그 사이로 몸을 날려 피한 뒤, 침음성을 집어삼켰다.

'제기랄.'

폭발 자체는 피했지만 스플래쉬 대미지에 적잖은 피해를 입은 것이다.

-보스 몬스터 '캘리클롭스'로부터 피해를 입었습니다.

-생명력이 2,908만큼 감소합니다.

-생명력이 3,102만큼 감소합니다.

이안은 재빨리 남아 있는 생명력을 확인해 보았다.

정령왕의 심판에 붙어 있는 초월 옵션을 이용해 여러 번 생명력을 회복했음에도 불구하고, 남아 있는 생명력은 절반이 채 되지 않았다.

반면에 캘리클롭스의 남은 생명력은 아직도 70퍼센트가 넘는 수준이었다.

'역시 한 놈이라도 먼저 처치하고 생각하는 게 맞겠어.'

이안의 시선이 옆으로 움직여, '마칸하운드'와 '어스기간트'를 향했다.

마칸하운드의 생명력은 거의 바닥까지 떨어져 있었으며, 어스기간트의 생명력도 30퍼센트 남짓밖에 남아 있지 않았다.

"아그비, 이놈 먼저 점사하자!"

-알겠다, 주인.

이안은 허공으로 신형을 튕겨 올리며, 연속으로 활시위를 당겨 대었다.

그러자 너댓 발의 불화살이 허공에 한 줄기의 붉은 곡선을 그려 내었다.

워낙 빨리 쏘아 낸 탓에, 마치 화살들이 이어져 나가는 듯한 착시가 만들어진 것이다.

파파파팍—!

갑자기 이안이 타깃을 바꾸자 놀란 하운드가 좌측으로 뛰어올랐다.

하지만 이안의 화살을 피하는 것이 그리 쉬울 리 없었다.

—몬스터 '마칸하운드'에게 치명적인 화염 피해를 입혔습니다!

—'마칸하운드'의 생명력이 209만큼 감소합니다.

—'마칸하운드'의 생명력이 221만큼 감소합니다.

……중략……

—'지옥불' 표식의 중첩이 Maximum이 되었습니다.

—표식이 강력한 폭발을 일으킵니다.

—몬스터 '마칸하운드'에게 치명적인 화염 피해를 입혔습니다!

—'마칸하운드'의 생명력이 2,245만큼 감소합니다.

—표식이 강력한 폭발을 일으킵니다.

—'마칸하운드'의 생명력이 2,245만큼 감소합니다.

바위속성의 탱킹형 기계 괴물이었던 리프로봇을 공격했을 때보다, 거의 세 배 수준의 파괴력을 보여 주는 지옥의 화염시.

물론 다른 두 녀석의 방해가 있었지만, 이안은 집요하게 하운드를 점사하였다.

  그리고 그 결과.

  쿵—!

  이안은 드디어, 셋 중 하나를 넉 다운 시킬 수 있었다.

  —'마칸하운드'의 생명력이 전부 소진되었습니다.

  —'마칸하운드'를 성공적으로 처치하셨습니다!

  하지만 이안은 별로 기쁘지 않았다.

  한 녀석을 다운시키는 동안에도, 이안의 생명력은 더 줄어들었으니 말이다.

  '이 페이스대로라면 클리어가 불가능할 수도 있겠는데…….'

  바위의 방도 충분히 어려운 난이도였지만, 그것은 어떻게든 클리어할 수 있는 각이 보였다.

  어쨌든 리프로봇들은 무척이나 굼뜬 녀석들이었고, 한계치의 컨트롤로 극복이 가능했으니 말이다.

  하지만 이 보스 페이즈는 좀 경우가 달랐다.

  한정된 공간 안에서 광역 마법을 계속해서 뿌려 대니 아무리 이안의 컨트롤이 좋다고 한들 스플레쉬 대미지까지 전부 피할 수는 없는 것이다.

  최선의 플레이를 하기 위한 컨트롤의 난이도는 오히려 바위의 방보다 낮았지만, 최선의 컨트롤을 해냄과 관계없이 클리어가 간당간당한 상황인 것.

이 보스 페이즈를 클리어하기 위해서는, 방법이 딱 하나뿐이었다.

그건 바로, 이안의 전투 스텟 자체가 높아지는 것이다.

생명력이 전부 깎여 나가기 전에, 더 강력한 공격력으로 녀석들을 처치해 내는 방법밖에는 없었다.

'후우, 그래도 아직 포기하긴 이르니까……!'

마른침을 삼킨 이안은 화염장궁의 활대를 다시 고쳐 잡았다.

아무리 어려워 보이더라도 포기하는 건 이안의 성향과 맞지 않았으니 말이다.

그런데 바로 그때.

쿠구궁-!

한차례 굉음이 울리더니, 이안에게 달려들던 캘리클롭스가 갑자기 멈춰 섰다.

"……?"

이어서 예의 그 목소리가 다시 들리기 시작했다.

-제법이군, 인간. 하지만 재롱도 여기까지다.

이안의 귓전으로, 전형적인 악당의 대사가 울려 퍼진다.

그리고 그 대사가 끝난 순간…….

위잉- 철컥- 그그궁-!

요란한 기계음과 함께, 캘리클롭스가 신체를 벌떡 일으켰다.

크워어어-!

조금이라도 딜을 더 넣고 싶었던 이안은 계속해서 화살을 날려 대었지만 소용없었다.

녀석의 주변으로 퍼져 나오는 붉은 기운에 막혀, 화살이 전부 소멸되었기 때문이다.

'페이즈가 전환되는 건가?'

이안은 더욱 긴장한 표정으로 녀석을 응시했다.

여기서 녀석이 더 강해진다면, 이제 승산은 제로에 수렴할 테니 말이다.

그런데 녀석을 응시하던 이안의 두 눈이 순간 커다랗게 확대되었다.

쓰러진 하운드의 사체와 그 옆에 서 있던 기간트의 몸이 붉게 빛나더니, 허공으로 떠올라 분해되기 시작한 것이다.

"······!"

수십, 아니, 수백 조각의 작은 부품들로 분해된 두 괴수의 몸체.

그것은 곧 '캘리클롭스'를 향해 날아들었다.

철컹[고딕]- 철컹[고딕]- 처처척-!

던전 전체에 커다랗게 울리는, 커다란 쇳소리들.

이안은 이제 곧 녀석과 싸워야 한다는 사실도 잊은 채, 멍하니 그 광경을 지켜보고 있었다.

'이건 무슨 합체 로봇도 아니고······.'

분해된 두 괴수의 부품들이 캘리클롭스에게 빨려 들어가면서, 녀석의 신체가 재구성되기 시작했다.

띠링—!

—'캘리클롭스'의 신체가 재구성됩니다.

—'캘리클롭스'의 전투력이 강화되었습니다.

—'캘리클롭스'의 초월 레벨이 17로 상향 조정됩니다.

이안은 아랫입술을 깨물었다.

눈앞에 나타난 기괴한 형태의 기계괴물.

녀석의 덩치는 이제 기계파수꾼보다도 더 거대하게 변하였으며, 외형 또한 더욱 흉포해졌다.

때문에 굳이 초월 레벨이 상향 조정되었다는 시스템 메시지가 아니더라도, 녀석의 전투력이 강해졌음은 충분히 알 수 있었다.

'이건……. 답이 없어.'

원래도 충분히 암울한 상황이었지만, 이제는 말 그대로 답이 없어졌다.

외통수에 빠지고 만 것이다.

—클클클! 이제 어쩔 것이냐, 인간!

캘리클롭스의 입에서 칼칼한 음성이 새어나왔다.

그리고 그것은, 기계공학자 '찰리스'라던 녀석의 목소리
였다.

　'저 안에 타고 있기라도 한 건가?'

　이안은 입술을 잘근잘근 씹으며 캘리클롭스를 올려다보
았다.

　그리고 지옥의 화염시를 발동하여, 천천히 활시위를 당
겼다.

　"어쩌긴 뭘 어째."

　–……?

　"게임은 원래 근성이야, 짜샤."

　–뭐라……?

　콰쾅– 쾅–!

　이안의 활에서 쏘아진 불화살들이 순식간에 허공을 수놓
았다.

　어차피 클리어가 불가능해졌다는 사실은 이제 이안도 인
정하고 있었다.

　그럼에도 불구하고 끝까지 최선을 다하는 것은, 미련함 같
은 것이 아니었다.

　'죽을 땐 죽더라도, 보스 패턴이라도 싹 다 파악해 둬야
지.'

　어차피 놈을 지금 잡을 수 없다면, 데이터만이라도 최대한
뽑아 놓아야 하는 것.

다만 이해가지 않는 부분은 이 퀘스트의 난이도였다.

애초에 이런 괴랄한 보스가 등장하는 던전이었다면, 이안이 생각하기에 S+이상의 등급은 떴어야 하기 때문이다.

'내가 몇 번을 트라이하든 간에⋯⋯. 이놈은 꼭 잡고 만다.'

오기가 생긴 이안의 입꼬리가 살짝 말려 올라갔다.

뾱뾱이의 이야기는 무척이나 길었다.

하지만 그럼에도 불구하고, 하린은 전혀 지루하지 않았다.

예뾱이와 이름 모를 거북의 사랑이야기는, 등장인물만 인간으로 바꾼다면 당장 영화로 만들어도 될 정도의 스토리였으니 말이다.

'이건 마치⋯⋯. 거북이를 주인공으로 한 멜로 영화 같은 느낌이야.'

뾱뾱이에게는 미안하지만, 두 거북이의 아름다운 사랑을 응원해 주고 싶을 정도.

이야기를 다 들은 하린이, 뾱뾱이를 향해 입을 열었다.

"그런데 뾱뾱아."

"뾱?"

"예뾱이의 이야기대로라면 사실상 예뾱이가 기다린다던 그 거북이는 죽은⋯⋯ 게 아닐까?"

하린의 물음에, 뿍뿍이가 천천히 고개를 끄덕였다.

"아마 그럴 거다뿍. 예뿍이도 거의 그렇게 생각하고 있는 것 같았뿍."

"그……래? 그런데 왜 계속해서 기다리고 있는 걸까?"

"나도 잘 모르겠지만……. 아마 미련을 버리지 못한 것 같 뿍."

"미련?"

"그렇뿍. 예뿍이는 이렇게 말했뿍."

─어쨌든 그는 이곳에 돌아오기로 했고, 나는 그때까지 기다리기로 했 다뿍. 그는 돌아오지 않을 수도 있겠지만, 그가 돌아올 때까지……. 나는 기다린다뿍.

"아……."

급기야 눈망울을 촉촉하게 적시기까지 한 하린이었다.

예뿍이의 대사가 결국 그녀의 심금을 울려 버린 것이다.

하지만 하린은 두 거북이의 스토리에 더 이상 빠져 있을 수 없었다.

그녀의 눈앞에 있는 이 가련한 영혼을 구원하는 게 더 급 선무였기 때문이었다.

'그래, 그 남자 거북이가 좀 불쌍하긴 하지만, 우리 뿍뿍이 도 충분히 불쌍하니까…….'

뿍뿍이 몰래 눈물을 살짝 훔친 하린은, 다시 천천히 입을 열었다.

"뾱뾱아."

"뿌욱?"

"내 생각에, 예뾱이의 마음을 얻을 방법은 하나뿐인 것 같아."

"그, 그게 뭐냐뾱?"

시종일관 우울함으로 가득 차 있던 뾱뾱이의 표정에 한 줄기 빛이 내렸다.

눈을 크게 뜬 뾱뾱이가 간절한 눈빛으로 하린을 바라보았다.

그리고 잠시 뜸을 들인 하린이 말을 이었다.

"뾱뾱이 네가……."

"뾱뾱?"

"그 사라진 거북이를 찾아내는 거야."

"……!"

생각지도 못했던 하린의 말에, 당황한 표정이 된 뾱뾱이.

하린의 말이 다시 이어졌다.

"어차피 그 거북의 행방을 알아내야, 예뾱이의 마음에 조금의 틈이라도 생길 거야. 만약 그 거북이가 찰리스라는 녀석에게 당했고, 네가 그 녀석에게 복수해 준다면……."

"뾱……!"

"예뾱이도 네게 마음을 열지 않을까?"

그럴싸한 하린의 이야기에, 뾱뾱이의 눈망울이 가늘게 떨리기 시작했다.

'아⋯⋯!'

캘리클롭스가 입을 쩍 하고 벌리자, 거대한 화염의 인장이 허공에 나타난다.

그리고 그것을 확인한 이안의 입에서 짧은 한숨이 새어 나왔다.

"휴우."

쉴 새 없이 깜빡이는 이안의 생명력 게이지.

이미 생명력은 5퍼센트도 채 남아 있지 않은 상황이었고, 이 광역마법이 발동되는 순간 이안은 사망할 터.

캐스팅 시간이 제법 되는 마법이기 때문에 대처할 시간은 충분히 있었지만, 문제는 방법이 없다는 것이었다.

'던전이 조금만 더 넓었어도⋯⋯.'

저 괴랄한 범위의 광역 공격 마법은 완전히 피할 수 있는 공간이 없었으니 말이다.

귀룡의 방패를 이용해 막아 보기도 하였으나, 소용없었다.

완전히 막아 낼 수도 없을뿐더러, 귀룡의 방패의 속성인 '어비스'가 녀석의 속성과 상성이 좋지 않았다.

캘리클롭스가 가진 속성이 뭔지는 아직도 알 수 없었지만,

어비스 속성의 천적이 처음으로 나타난 것이다.

결국 녀석에게 패배했다.

끝까지 최선을 다했지만, 결국 안 되는 건 안 되는 거였다.

'초월 7레벨이 17레벨을 무슨 수로 이겨.'

속으로 툴툴거린 이안은, 옆에 두둥실 떠올라 있는 아그비의 작은 등을 한차례 쓰다듬어 주었다.

"수고했어, 아그비. 하루만 쉬고 있어라."

이안은 아그비를 소환해제 할 생각이었다.

정령의 사망 페널티 또한 이안이 재접속할 때쯤 되면 사라져 있겠지만, 굳이 이 녀석이 죽게 내버려 둘 생각은 없었기 때문이다.

하지만 잠시 후, 이안은 당황할 수밖에 없었다.

"음?"

소환 해제 주문을 발동하였음에도 불구하고, 허공에 떠오른 아그비의 몸이 미동조차 하지 않았기 때문이었다.

이안의 말에 대꾸가 없음은 물론이고 말이다.

"야, 빨리 돌아가라고!"

다급해진 이안이 소환 해제 주문을 다시 영창하였다.

시뻘겋게 달궈진 지옥의 인장이 곧 폭발할 기세로 열기를 내뿜고 있었고, 이것이 폭발하는 순간 이안은 물론 아그비까지 잿더미가 될 게 분명했으니 말이다.

하지만 그럼에도 불구하고, 녀석은 허공에서 꼼짝도 하지 않았다.

'뭐야? 설마 소환 해제도 같이 막혀 버린 거야?'

제법 그럴싸한 추측이었다.

하지만 그 추측이 틀렸다는 것을 깨닫는 데까지는, 그리 오랜 시간이 걸리지 않았다.

이미 5분 정도 전에 쩍이를 먼저 소환 해제한 상황이었으니 말이다.

'그럼 뭐지?'

당황한 이안의 시선이 아그비의 뒷모습에 고정되었다.

그리고 다음 순간, 쩍 벌어진 캘리클롭스의 입에서 거대한 화염의 기운이 뿜어져 나오기 시작했다.

콰아ー 콰아아아ー!

악마의 형상을 띤 새빨간 인장이 폭파하며, 이안과 아그비의 신형이 강렬한 홍염에 휩싸였다.

그것을 확인한 이안은 두 눈을 질끈 감았다.

어차피 눈을 감지 않더라도, 잠시 후면 시야가 어두워질 테니 말이다.

'하……. 다음 트라이에는 내가 소환수 죄다 끌고 와서 퀘스트 클리어하고 만다.'

닉과 엘카릭스만 있었더라도, 어떻게든 해 볼 경우의 수가 훨씬 더 많아졌을 터.

이안은 안일했던 자신을 질책하며, 고개를 절레절레 저었다.

'어?'

그런데 그 순간, 이안은 뭔가 이상함을 느꼈다.

지금쯤 사망판정을 받아 움직이지 않아야 할 몸이, 너무도 멀쩡히 움직이고 있었으니 말이다.

'왜 아직 로그아웃이 안 되는 거지?'

분명 광역마법이 발동하는 정 중앙에서 멍 때리고 서 있었음에도 불구하고, 게임오버 되었다는 메시지가 들리지 않았기 때문이다.

당황한 이안은 감았던 눈을 다시 떴고, 주르륵 떠올라 있는 메시지들을 확인할 수 있었다.

그런데 그 메시지들 중에, 게임 아웃되었다는 메시지는 어디에서도 찾을 수 없었다.

-화염의 정령 '아그비'의 정령력이 최대치가 되었습니다.

-강렬한 화염의 힘이 태동합니다.

-조건을 충족하였습니다.

-화염의 정령 '아그비'가 진화합니다.

콰아아아ー!

눈을 뜬 이안은, 자신의 양옆으로 비켜 지나가는 강렬한 화염의 폭풍을 볼 수 있었다.

이어서 다음 순간, 자신의 앞을 막아서고 있는 하나의 그림자를 발견하였다.

"……!"

사람으로 따지자면, 한 일고여덟 살 정도?

작은 소년의 형상을 한 붉은 그림자가 양팔을 교차한 채 이안의 앞을 막아서고 있었다.

그리고 이안은, 그 모습을 멍한 표정으로 지켜보았다.

-화염의 하급 정령 '아그비'가 화염의 중급 정령 '마그비'로 진화하였습니다.

-화염의 정령 '마그비'가 고유 능력 '홍염의 방패'를 시전합니다.

-화염의 정령 '마그비'가 '지옥의 불길'을 막아 내었습니다.

-97.55퍼센트 만큼의 피해를 흡수합니다.

-37.42퍼센트 만큼의 피해를 되돌려줍니다.

-'마그비'의 생명력이 805만큼 감소합니다.

-'캘리클롭스'의 생명력이 9,823만큼 감소합니다.

치익- 치이익-!

눈앞을 가득 메우던 시뻘건 화염의 폭풍이, 점차 허공으로 흩어지며 잦아들었다.

그리고 이안의 귓전으로, 당황한 찰리스의 목소리가 울려 퍼졌다.

-무, 무슨 수작을 부린 것이냐?

찰리스의 목소리에 정신을 차린 이안은 서둘러 상황을 파악하였다.

이해되지 않는 것은 한두 가지가 아니었지만, 그래도 하나만큼은 아주 확실했다.

'전투는 아직 끝나지 않았다는 거지.'

어느새 아그비. 아니, 마그비의 정보 창을 띄운 이안의 입가에는 흡족한 미소가 떠올라 있었다.

이제 중급 정령이 된 마그비의 전투력은 지금까지와 비교도 되지 않을 정도로 강력해져 있었기 때문이다.

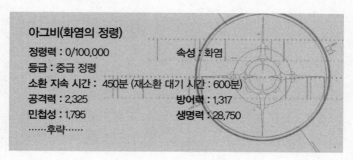

아그비(화염의 정령)

정령력 : 0/100,000 　　　　속성 : 화염
등급 : 중급 정령
소환 지속 시간 : 450분 (재소환 대기 시간 : 600분)
공격력 : 2,325 　　　　　방어력 : 1,317
민첩성 : 1,795 　　　　　생명력 : 28,750
……후략……

그리고 무엇보다도, 새로 생성된 하나의 고유 능력이 무척이나 마음에 들었다.

*홍염의 방패

마그비가 지속 시간 동안 양손을 교차시키며, 일시적으로 범위 내의 모든 피해를 흡수합니다(흡수율 : 90~99퍼센트).
*흡수된 피해량의 30~40퍼센트만큼을 화염 피해로 전환하여 적에게

다시 돌려줍니다.
*홍염의 구슬에 화염의 기운이 가득할 때만 고유 능력을 발동할 수 있습
니다(충전된 화염의 기운 : 0.25/100).
*마그비가 적에게 치명적인 피해를 입힐 때마다 화염의 기운이 조금씩
충전됩니다.

이 '홍염의 방패'와 함께라면 다시 한 번 판을 뒤집어 볼
수도 있을 것 같았기 때문이었다.

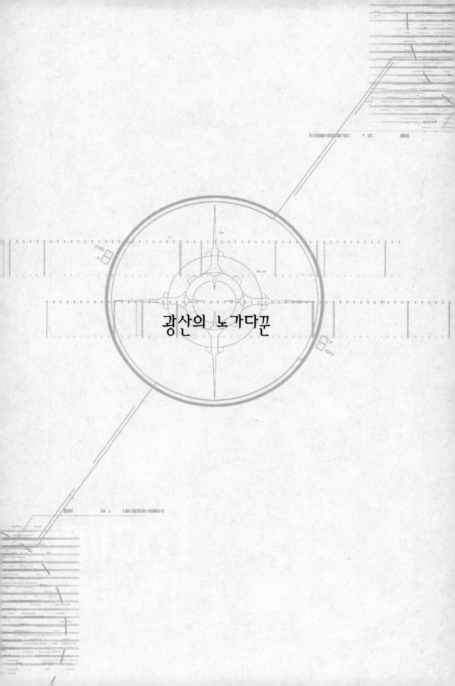

광산의 노가다꾼

Taming
Master

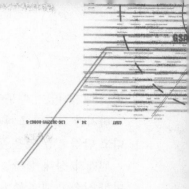

  화염의 하급 정령이었던 아그비의, 생각지도 못했던 진화.

  물론 대자연의 구슬로 인해 처음부터 절반 이상의 정령력이 채워져 있던 아그비였지만, 그것을 감안하더라도 이번 진화 타이밍은 엄청나게 빠른 것이었다.

  그리고 그 덕분에, 이안은 위기를 모면할 수 있었다.

  '어떤 이유에서인지는 모르겠지만, 그건 나중에 생각해 볼 문제고……'

  아그비가 중급 정령인 '마그비'로 진화하면서 이안의 전력은 훨씬 더 강력해졌다.

  마그비의 전투력이 거의 두 배 가까이 상승하기도 했지만, 그와 동시에 화염 속성의 정령 마법인 '지옥의 화염시'의 위력도 배가되었기 때문이다.

하지만 그렇다고 해서, 저 괴랄한 합체 로봇을 이길 수 있다고 단정 짓는 것은 무리였다.

원래가 상대 불가능한 상황이었다면, 이제는 좀 비벼 볼 만한 상황이 된 수준이랄까?

여전히 벅찬 상대인 것만은 매한가지라고 할 수 있었다.

'마그비의 화염의 기운을 충전시켜 주는 데 최대한 포커싱해야 돼.'

지금 이안에게 캘리클롭스의 강력한 광역 공격을 막아 낼 방법은 오로지 마그비의 고유 능력인 '홍염의 방패'뿐이었다.

때문에 이안은, 지금까지와 전투 포지션을 조금 바꿔야 한다고 생각했다.

'마그비의 컨트롤에 좀 더 신경을 써야겠어.'

지금까지 마그비의 주된 역할은 후방에서 이안을 보조해 주는 것이었다.

어차피 이안이 화염시를 날려 치명타를 터뜨릴 때마다 마그비의 고유 능력인 '불의 악마'가 발동하기 때문이었다.

하지만 이제는 조금 달라질 필요가 있었다.

정령술사의 마법을 재현하는 '불의 악마' 고유 능력에만 의존하는 것이 아니라, 마그비의 평타까지도 최대한 많이 꽂아 넣어야 했으니 말이다.

그래야 '홍염의 방패' 고유 능력의 충전 시간이 조금이라도 빨라질 테니까.

"마그비, 좀 더 앞으로!"

—그러도록 하지. 주인.

확실히 진화 전보다 나아진 어휘를 구사한 아그비가 전방을 향해 좀 더 앞으로 이동했다.

화염구를 던지는 마그비의 평타는 화염시의 사정거리보다 많이 짧았다.

때문에 조금 위험하더라도 근거리까지 붙어서 싸워야만 했다.

"내 화살이 박히는 곳에 최대한 공격을 집어넣어. 할 수 있겠지?"

이안이 화살을 박아 넣는 곳은 '약점 포착'으로 확인한 캘리클롭스의 약점일 것이다.

때문에 마그비가 그 위치에 정확히 공격을 맞추기만 한다면, 거의 대부분의 공격에 치명타가 터지리라.

마그비가 고개를 끄덕이며, 자신감 넘치는 목소리로 대답했다.

—물론이다. 주인아. 난 뛰어나다.

"……."

아직까지는 뭔가 어색한 마그비의 어투에 이안은 고개를 절레절레 저었다.

그리고 그것을 기점으로 전투가 다시 시작되었다.

-무슨 수작을 부렸는지는 모르겠지만…….

사나운 표정으로 몸을 일으킨 캘리클롭스가 커다랗게 포효했다.

-결과는 달라지지 않을 것이다!

그리고 캘리클롭스의 거대한 그림자가 이안과 마그비를 덮쳐 왔다.

나지찬이 일전에 언급했었던, '지옥의 화염시' 정령 마법의 특장점.

그것은 과연 무엇이었을까?

"크, 타이밍 한번 기가 막히네, 기가 막혀."

모니터링실 소파에 편한 자세로 걸터앉은 나지찬은 실실 웃으며 스크린을 시청하고 있었다.

그리고 그 스크린에는, 이안의 전투 장면이 송출되고 있었다.

"아무리 이안갓이라도 한 번 정도는 실패해 줄 줄 알았는데……. 여기서 이렇게 또 운이 따라 주는군. 아니, 완전히 운이라고 할 수는 없으려나?"

감자칩을 오물거리며 혼잣말을 중얼거리는 나지찬.

그의 옆에 있던 여사원이 의아한 표정으로 그를 향해 물었다.

"팀장님, 완전히 운이라고 할 수 없다니요? 이건 어떻게 봐도 운인걸요?"

그리고 그 말을 들은 나지찬이 고개를 절레절레 저으며 대답했다.

"김덜렁, 조금만 더 생각해 봐. 내가 이안갓 팬이기는 하지만, 사실까지 왜곡하는 삐뚤어진 팬심은 없다고."

"음…… . 이건 아무리 생각해도 왜곡된 팬심…… ."

"후우…… ."

한숨을 푹 내쉰 나지찬이 김덜렁, 아니, 김지연 주임을 향해 다시 입을 열었다.

"너 그때 '지옥의 화염시' 기획하던 때, 김의환 팀장님 밑에 있지 않았었나?"

"그랬었죠."

"그럼 이안갓이 쓰는 저 스킬, 누구보다 잘 알 거 아냐."

김지연이 뿌듯한 표정으로 고개를 끄덕이며 대답했다.

"당연하죠. 저거 제가 처음 기획했던 스킬인데요."

"…… ."

살짝 어이없다는 표정이 된 나지찬의 입이 다시 열렸다.

"그럼 김 주임."

"예, 팀장님."

"저 스킬의 최대 장점이 뭐였어?"

"그야 당연히, 유저 실력에 따른 DPS 증가 폭이 엄청나다는 거죠."

"그리고 또?"

"음, 또요? 으음…….”

생각에 잠긴 김지연을 향해 나지찬이 답답하다는 표정으로 입을 열었다.

"저 스킬 최대 장점이, 스택만 잘 쌓으면 재사용 대기 시간 거의 없이 계속해서 쓸 수 있다는 거잖아."

"그게 제가 말한 장점에 포함되는 얘기잖아요."

"시끄럽고, 일단 듣기나 해."

"칫."

김지연이 입술을 삐죽이건 말건, 나지찬은 계속해서 말을 이었다.

"자, 김 주임. 정령의 정령력을 쌓기 위해 할 수 있는 가장 일반적인 방법이 뭐지?"

"그야, 해당 정령의 힘을 이용해 정령 마법을 쓰는 거죠."

"그렇지? 그런데 이안처럼 정령 마법을 미친 듯이 쓴다고 생각해 봐."

"……!"

"같은 시간 내에 남들보다 정령 마법을 거의 다섯 배는 많이 쓰는 것 같은데, 아그비의 정령력이 빨리 오를 수밖에 없지 않겠어?"

"그, 그러네요?"

"게다가 하나 더."

"음……?"

"김 주임도 잘 생각해 보면 아마 기억날 텐데……. '지옥의 화염시' 정령 마법만의 특장점."

힌트를 던져 놓은 나지찬은 씨익 웃으며 김지연을 응시하였다.

"아!"

그리고 잠시 후, 뭔가가 기억났는지 지연이 손뼉을 딱 하고 치며 일어섰다.

"김의환 팀장님이 마지막에 추가하셨던 비공개 옵션!"

"그래, 바로 그거야. 그거 덕분에 지금, 저 화염의 정령이 벌써 중급이 되어 버린 거 아냐."

나지찬의 말에, 김지연이 고개를 주억거리며 동의했다.

"맞네요. 정말 그것까지 생각하니까 이 타이밍에 정령이 진화한 게 운만은 아니었네요."

혀를 내두른 김지연은 다시 화면을 향해 시선을 옮겼다.

화면 안에서 미친 듯이 활시위를 당기고 있는 이안이 한층 더 대단해 보이기 시작했다.

확실히 그 비공개 옵션까지 생각해 보면, 이안이 위기를 모면한 것을 100퍼센트 운이라고 단정 지을 수 없었으니 말이다.

그리고 지금 이 순간, 화면을 보는 두 사람은 같은 생각을 하고 있었다.

'김의환 팀장님이 이거 아시면, 배 아파서 쓰러지시겠네……'

카일란의 개발 단계부터 기획 팀에 있었던 김의환은 '야근 제조기' 이안을 극도로 증오했다.

정확히 말하자면, '애증'의 감정에서 증오의 비중이 훨씬 더 높은 느낌이랄까.

그런데 그런 김의환이 본인이 기획한 스킬과 옵션으로 이안이 꿀을 쪽쪽 빠는 중이라는 사실을 알게 된다면, 아니, 그 스킬을 이용해 본인의 야근을 '제조'하는 중이라는 사실을 알게 된다면…….

'아마 혈압이 올라서 쓰러지시겠지.'

나지찬과 김지연이 이런저런 생각을 하는 사이, 스크린 속의 전투도 막바지를 향해 달려가고 있었다.

보스 몬스터인 '캘리클롭스'의 생명력은 아직 제법 남아있었지만, 어차피 저 녀석을 처치하는 건 불가능했다.

애초에 정령계의 시나리오상 캘리클롭스와 찰리스가 이곳에서 처치당할 일은 없었으니 말이다.

그리고 그 전투의 마지막을 보며, 나지찬이 나직한 목소리로 입을 열었다.

"김 주임……."

"예, 팀장님."

"저 영상 보면서 뭐 생각나는 거 없어?"

김지연이 한숨을 푹 쉬며 대답하였다.

"하나 있네요. 그만 쉬고 일이나 하러 가야겠다는 거요."

"그래. 우리 가슴 아픈 영상은 그만 시청하고 제안서나 마무리하러 올라가자고."

"큽……."

슬픈 대화를 마지막으로, 두 사람은 터덜터덜 기획 팀 사무실을 향해 걸음을 떼었다.

하여 아무도 남지 않은 모니터링실에는 '지옥불' 표식이 터져 나가는 폭발음만이 공허하게 울려 퍼졌다.

펑- 퍼펑-!

그리고 바로 이 '지옥불' 표식.

두 사람이 말하는 '지옥의 화염시' 정령 마법의 숨겨진 옵션이 바로 이 표식 안에 숨어 있었다.

> *'지옥불' 표식이 터질 때마다 화염의 힘을 빌려준 정령의 정령력이 1포인트씩 상승합니다.

콰쾅- 콰콰쾅!

연달아 지옥불 표식이 터져 나가며, 마그비의 진화로 인해 더욱 강력해진 폭발음이 던전 내부에 크게 울려 퍼졌다.

그리고 폭발로 인해 자욱이 피어오른 연기 사이로 거대한 캘리클롭스의 팔뚝이 모습을 드러내었다.

콰득— 콰앙—!

이안을 공격하기 위해 기습적으로 팔을 내뻗는 캘리클롭스.

하지만 이안의 신형은, 아슬아슬하게 녀석의 공격 범위 바깥으로 빠져나갔다.

"어림없지."

그리고 이안이 어그로를 끈 사이, 캘리클롭스의 뒤쪽으로 돌아 들어간 마그비가 연달아 화염구를 집어 던졌다.

퍼펑— 펑—!

그리고 화염구 터지는 소리에 맞춰 이안의 눈앞에 시스템 메시지가 연달아 생성되었다.

띠링—!

-화염의 정령 '마그비'가 '캘리클롭스'에게 치명적인 피해를 입혔습니다!

-마그비가 가진 '홍염의 구슬'에, 화염이 충전됩니다(현재 충전량 : 98.75/100).

-화염의 정령 '마그비'가 '캘리클롭스'에게 치명적인 피해를 입혔습

니다!

-마그비가 가진 '홍염의 구슬'에, 화염이 충전됩니다(현재 충전량 : 99.95/100).

-'홍염의 구슬'의 충전이 완료되었습니다.

-'홍염의 방패' 고유 능력이 활성화됩니다.

지금 이안의 전투 패턴에서 '홍염의 방패'는 그야말로 하나의 '보험'과도 같은 것이었다.

홍염의 방패가 활성화되는 순간, 여벌의 목숨이 하나 생기는 것이라 해도 과언이 아니었으니 말이다.

때문에 홍염의 구슬이 전부 충전되었다는 메시지는 이안의 플레이를 좀 더 과감하게 만들어 주었다.

'녀석이 인장을 소환할 때까진 아직 2분 정도 남았어. 그 안에 최대한 극딜한다!'

계산을 마친 이안의 신형이 빠르게 허공으로 튀어올랐다.

지금까지는 이안이 어그로를 끌며 마그비가 주로 공격하였지만, 이제는 그럴 필요가 없어졌다.

홍염의 방패가 활성화된 이상, 어떻게든 DPS를 올리는 게 가장 중요했으니 말이다.

화르륵-!

어느새 이안의 손에 소환된 화염의 장궁이 연신 불을 뿜기 시작했다.

이어서 이안의 시선이 자연스레 캘리클롭스의 머리 위로 향했다.

남아 있는 생명력 게이지를 확인하기 위함이었다.

'으, 징한 놈.'

그리고 캘리클롭스의 생명력 게이지를 확인한 이안은 고개를 절레절레 저었다.

이 전투가 시작된 지 벌써 2~3시간은 지난 것 같은데, 이제야 녀석의 생명력 게이지가 깜빡이기 시작했으니 말이다.

이안이 판단하기에 이 녀석은, 아무리 봐도 A++수준 난이도의 보스가 아니었다.

만약 이 녀석이 제대로 된 아이템을 드롭하지 않는다면, 이안은 진심으로 열이 뻗칠 것 같았다.

"흐아압!"

한차례 기합성을 내지른 이안이 화염시를 빠르게 난사했다.

'홍염의 방패'라는 보험이 있는 지금이, 녀석의 생명력을 최대한 깎을 수 있는 가장 중요한 타이밍이었으니 말이다.

하지만 열심히 활시위를 당기던 이안은 잠시 후 공격을 멈출 수밖에 없었다.

"……!"

캘리클롭스의 주변에서 1시간 전쯤 보았던 똑같은 이펙트가 나타났기 때문이었다.

'뭐야, 설마 한 번 더 변신하고 그런 건 아니겠지?'

이안이 쏘아 낸 화살이, 또다시 알 수 없는 기운에 가로막힌 것이다.

그런데 잠시 후, 심란한 표정이 된 이안의 귓전에 칼칼한 '찰리스'의 목소리가 들려오기 시작했다.

-건방진 인간……. 내가 이 자리에 없었던 것을 다행으로 알도록.

전혀 예상치 못했던 찰리스의 대사에, 이안은 어이없다는 표정으로 되물었다.

"그게 무슨 개뼉다구 같은 소리야?"

찰리스의 말이 다시 이어졌다.

-정령 에너지가 조금만 더 있었더라도 네 녀석을 처단할 수 있었을 것인데…….

역시나 이안으로선, 도저히 이해할 수 없는 찰리스의 한마디.

-연구실이 아깝기는 하지만, 여기서 물러나야겠군.

이안이 뭔가 입을 열기도 전에 모든 대사를 쏟아낸 찰리스, 아니, 캘리클롭스는 돌연 바닥을 향해 두 주먹을 내리찍었다.

쿠쿵-!

그러자 다음 순간, 캘리클롭스가 밟고 있던 석면에서 복잡한 마법진이 생성되기 시작했다.

우웅- 우우웅-!

그리고 그 일련의 과정이 진행되는 동안, 이안은 아무것도 할 수 없었다.

오랜만에 AI가 이안의 신체를 통제하는 것인지, 몸을 전혀 움직일 수 없었기 때문이었다.

쿠쿠쿵-!

던전은 계속해서 요란하게 진동했고, 마법진에서 뿜어져 나오는 빛은 더욱 강렬하게 빛나기 시작했다.

그리고 잠시 후.

촤아아-!

마법진에서 터져나온 섬광이 엄청난 밝기로 빛나더니, 캘리클롭스의 거구를 그대로 집어삼켰다.

이어서 이안의 눈앞에, 새로운 시스템 메시지가 울려 퍼졌다.

띠링-!

-'찰리스의 마법진'이 발동합니다.

-기계 문명의 모든 기관이 작동을 멈췄습니다.

-'정령산의 오염된 광산 (에픽)(히든)'퀘스트 클리어 조건을 충족하셨습니다.

-'찰리스의 연구실 (돌발)(히든)' 퀘스트를 성공적으로 클리어하셨습니다.

그리고 섬광이 사라진 자리에 어마어마한 규모의 기계 공장이 모습을 드러내었다.

'와, 이게 다 뭐야?'

눈이 핑글핑글 돌아갈 정도로 복잡한 구조를 가진 수많은 기계들.

마치 현실 세계의 자동차 조립 공정을 보는 듯한 거대한 공장의 등장에, 이안의 눈이 커다랗게 확대되었다.

"이게 기계몬스터들을 생산하는 공장?"

잠시 공장의 내부를 훑어본 이안은, 잽싸게 공장의 안쪽으로 들어갔다.

이 복잡한 구조물들 안에서, 뭔가 얻을 수 있는 콘텐츠가 있을 것 같았기 때문이었다.

'샬론은 이걸 파괴하고 오라고 했지만, 그냥 부숴 버리기엔 아까운데…….'

방대하고 짜임새 있는 세계관을 가진 카일란의 특성상, '기계문명'또한 중요한 콘텐츠의 한 축을 담당하고 있을 게 분명했다.

단지 '정령계의 적' 정도에서 끝나는 단발성 콘텐츠가 아닐 확률이 높다는 이야기였다.

'이 안에서 어쩌면, 설계도의 봉인을 풀 만한 단서를 찾을 수 있을지도 몰라.'

아직까지 사용법을 찾지 못해 인벤토리의 구석에서 잠들

어 있는 기계소환수 설계도.

그것에 대한 단서를 찾을 수 있을지도 모른다는 생각이 들자, 이안은 또다시 설레기 시작했다.

"후우, 가까이서 보니 더 복잡하네."

기계설비들의 바로 앞까지 다가간 이안은 표정까지 찡그린 채로 세밀하게 그 구조들을 뜯어 보았다.

하지만 기계공학적 지식이라곤 쌀알 한 톨 만큼도 없는 이안이, 그것들을 보는 것만으로 뭔가를 알아낼 수 있을 리는 없었다.

결국 뭔가 알아내기를 포기한 이안은 넓은 공장 전체를 돌아다니기 시작했다.

'으음…….인벤토리에 주워 갈 수 있을 만한 잡템이라도 없을까?'

그렇게 10~20분 정도가 지났을까?

이안은 고개를 절레절레 젓고 말았다.

넓은 공장을 정말 이 잡듯 뒤졌음에도 불구하고, 뭔가 알아낼 수 있는 게 없었기 때문이다.

기대감에 잔뜩 부풀어 있던 그로써는, 아쉬울 수밖에 없었다.

'정말 그냥 파괴하라고 만들어 논 건가? 이렇게 거대하고 복잡한 구조물을?'

미간을 살짝 좁힌 이안은 화염의 장궁을 소환하였다.

어쩐지 찜찜하기는 하지만, 어쨌든 퀘스트를 위해서라면 여기를 파괴해야 하니 말이다.

끼이익-!

활시위를 끝까지 잡아당긴 이안이, 기계설비의 중심부를 향해 화살촉을 겨누었다.

중심부의 커다란 기둥을 시작으로 지지축을 하나씩 파괴하면, 기계설비는 금방 무너져 내릴 것이다.

"으음……."

아직 미련이 남았는지, 당긴 활시위를 쉽게 놓지 못하는 이안.

그런데 그때, 이안의 시야에 뭔가 이질적인 것이 들어왔다.

"……?"

이안의 눈이 살짝 빛났다.

기계설비 전체를 받치고 있는 중앙부의 거대한 철제기둥 하단에, 뭔가 '문'처럼 생긴 작은 피팅 라인이 있었기 때문이었다.

'문이라기에는 좀 많이 작기는 하지만……. 한번 열어 볼 가치는 있겠어.'

장궁을 소환 해제한 이안이 재빨리 그곳을 향해 다가갔다.

그리고 그 앞까지 다다르자, 이안의 표정은 더욱 환해졌다.

자세히 보니, 아래쪽에 문 손잡이 같은 것도 달려 있었기 때문이었다.

'좋았어!'

기분이 좋아진 이안은, 문고리를 잡고 냅다 옆으로 밀었다. 그 안쪽에 숨겨져 있을 히든피스를 기대하면서 말이다.

하지만 다음 순간, 이안은 히든피스 대신 저릿저릿한 충격을 돌려받았다.

"으아앗!"

문고리를 돌린 순간, 문이 열린 게 아니라 강력한 전류 같은 것이 손바닥을 타고 흘렀기 때문이었다.

－전격 속성의 피해를 입었습니다.

－생명력이 192만큼 감소합니다.

－감전되었습니다.

－일시적으로 '마비' 상태에 빠집니다.

"……."

생각지 못했던 함정(?)에 당황한 이안.

하지만 당황도 잠시, 이안의 눈에는 다시 이채가 어렸다.

손잡이에 어떤 장치가 설치되어 있다는 것은, 반대로 말하면 이 안에 뭔가 들어 있을 확률이 높다는 얘기였으니 말이다.

이안은 손잡이를 다시 잡는 대신, 그 주변을 자세히 살펴보기 시작했다.

생각 같아서는 화염시로 외벽을 부수고 안쪽을 확인하고 싶었으나, 그런 경거망동을 할 수는 없었다.

잘못해서 구조물 전체가 무너져 버릴 수도 있으니 말이다.

그런데 바로 그때, 이안의 눈앞에 새로운 시스템 메시지가 떠올랐다.

띠링─!

─에너지 충전식 기계장치입니다.

─작동시키기 위해서는 소량의 정령력이 필요합니다.

"음……?"

메시지를 확인한 이안은 살짝 당황했다.

뭔가 함정 같은 것이 설치되어 있는 기관이라고 생각했는데, 친절히(?) 사용법을 알려 주는 메시지가 떠올랐으니 말이다.

'정령력이라고? 정령력을 어떻게 충전해 주지?'

이안의 머리가 빠르게 회전하기 시작했다.

'정령력이라면, 정령이 진화할 때 필요한 게 정령력인데…….'

정령의 정령력을 채우기 위해서는, 해당 정령의 힘을 빌어 정령마법을 구사해야 한다.

그리고 해당 속성의 정수나 대자연의 구슬을 사용하여, 정령력을 채워 주는 방법도 있다.

'그래, 속성의 정수!'

이안의 시선이, 문고리의 바로 위쪽에 나 있는 주먹만 한 홈을 향했다.

그곳을 자세히 살펴보니, 미약한 빛이 깜빡이는 게 느껴졌다.

"느낌 왔어!"

모아 두었던 정수 몇 개를 종류별로 인벤토리에서 꺼낸 이안이, 하나씩 홈의 크기와 대조해 보았다.

그리고 그것들 중, 홈의 크기와 꼭 맞는 하나의 정수를 찾아낼 수 있었다.

최하급 전격의 정수

이안은 두근거리는 마음으로 정수를 집어 들었다.

그리고 조심스럽게, 그것을 홈에 끼워 넣었다.

그러자 미동조차 없던 커다란 철제 기둥의 표면에, 순간적으로 새하얀 빛이 지나갔다.

-'전격의 힘'을 충전하였습니다.

-기계장치를 작동시킬 수 있습니다.

우우웅-!

고막이 아플 정도로 커다랗게 울리는 진동음.

시스템 메시지를 확인한 이안은 다시 손잡이를 움켜쥐었다.

그리고 그것을, 옆으로 있는 힘껏 밀어 젖혔다.

촤라락-!

어린아이나 겨우 드나들 법한 작은 철문이 경쾌한 쇳소리와 함께 시원스레 열렸다.

이안의 시선은 당연히 그 안쪽으로 향했고, 잠시 후, 뭔가를 발견한 그의 두 눈이 휘둥그레졌다.

"콜록콜록! 구해 줘서 고마워, 친구."

짤막한 팔다리에, 이안의 허리쯤에 불과한 작은 키.

커다란 머리와 그에 비해 왜소한 체구의, 다소 특이한 외모를 가진 소년의 등장이었다.

마치 SD캐릭터를 떠올리게 하는 비율을 가진 NPC의 등장에, 이안은 혼란스러울 수밖에 없었다.

소년은 한눈에 보아도 이 기계설비들과 관련된 인물인 것 같았는데, 이안에게 '고맙다'는 말을 하였으니 말이다.

'뭐지? 그 찰리스라는 놈과 한통속이 아닌가?'

이안의 시선이 반사적으로 주변을 살폈다.

이것조차 혹시 함정일 수도 있다는 생각이 들었기 때문이었다.

하지만 기관 장치들은 고요하기 그지없었고, 이안은 떨떠름한 표정으로 입을 열었다.

"넌 누구지?"

"콜록, 콜록. 나에게 물어본 거야?"

"그래. 여기 너 말고 누가 있어?"

이안의 물음에 주변을 휙휙 돌아본 소년은, 철문 안에서 폴싹 뛰어나왔다.

그리고 이안을 향해, 다시 입을 열었다.

"나는 P-77. 이곳, 기계공장의 관리자야."

"뭐?"

"그러는 너는 누구야?"

"나? 음, 나는 이안이야."

"정말 고마워, 이안. 네가 아니었다면 난 이곳에서 소멸했을 거야, 아마."

이안은 잔뜩 의문스러운 표정으로, P-77이라는 녀석을 아래위로 훑어보았다.

머릿속이 무척이나 복잡해진 것이다.

'기계공장의 관리자라면 당연히 기계문명과 한통속일 텐데…… 이게 대체 무슨 상황이야?'

하지만 이안의 생각은 더 이상 이어질 수 없었다.

갑자기 기계설비의 한쪽에서, 듣기 거북한 쇳소리가 울려 퍼졌기 때문이다.

끼긱- 끼기깅-!

그리고 그 소리를 들은 소년이 다급한 목소리로 이안을 향해 입을 열었다.

"이안, 미안한데, 나를 좀 더 도와줄 수 있겠어?"

"음……?"

"이 기계설비들이 폭파되기 전에, 메인 회로를 수리해야 돼."

"수리? 어떻게 하면 되는데?"

이안은 이 이상한 녀석의 부탁을 들어줄 생각이었다.

뭐하는 녀석인지 아직 정확한 정체는 알 수 없었지만, '히든 퀘스트'의 냄새가 났기 때문이었다.

그리고 이안의 짐작은, 곧바로 현실이 되어 나타났다.

띠링-!

-숨겨진 퀘스트가 발동됩니다.

경쾌한 시스템 메시지에 이어, 이안의 눈앞에 새로운 퀘스트 창이 떠올랐다.

P-77호의 부탁(히든)

기계설비의 관리자로 만들어진 로봇, P-77호.
당신은 붕괴되기 직전의 기계설비 속에서 갇혀 있던 그를 구출하였다.
하지만 아직 P-77호는 완벽하게 안전해진 것이 아니다.
관리자 로봇은 기계설비와 함께할 운명을 타고났기 때문이다.
기계설비가 붕괴되는 순간, 함께 작동이 멈춰 버리도록 설계된 것.
때문에 P-77호는, 당신에게 도움을 요청하였다.
붕괴 직전의 기계 설비를 수리하려면, 몇 가지 재료가 필요하기 때문이다.
그의 부탁을 들어주고, 기계설비 수리를 도와주자.
그를 도와 구해 준다면, 그가 고마움의 표시를 할 것이다.
퀘스트 난이도 : 없음
퀘스트 조건 : '캘리클롭스'와의 전투에서 승리.
'기계 설비 관리실' 발견.

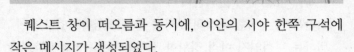

제한 시간 : 3분
보상 : ???

퀘스트 창이 떠오름과 동시에, 이안의 시야 한쪽 구석에 작은 메시지가 생성되었다.

ㅡ남은 시간 : 00:02:59

그것을 발견한 이안이, 77호를 향해 재빨리 물었다.

"그래, 도와줄게. 내가 어떻게 하면 되는데?"

그리고 이안의 말에 77호는 반색하였다.

"고마워, 정말! 내가 보답은 꼭 할게!"

"시간 없으니까, 빨리 해야 될 일부터 말해 봐."

"알겠어, 그럼⋯⋯."

잠시 부서진 기계 설비를 살핀 77호는, 이안을 향해 다시 입을 열었다.

"이안, 혹시 속성의 정수 가진 거 있어?"

"응, 있어."

"그럼 그것들 좀, 이쪽에 끼워 줄래?"

"⋯⋯?"

이안이 던전을 돌파하면서 얻은, 피 같은 속성의 정수들.

뭔가 그것들을 강탈당하는 기분이기는 했지만, 이안은 우선 시키는 대로 하기로 했다.

'후, 히든 퀘스트니까 내가 참는다.'

재빨리 최하급 속성의 정수를 꺼낸 이안은, 77호가 말한 위치에 그것을 끼워 넣었다.

그러자 새하얀 빛이 뿜어져 나오더니, 그 자리에서 속성의 정수가 소멸되었다.

띠링—!

-'최하급 화염의 정수'를 사용하셨습니다.

-기계 설비의 에너지가 충전됩니다.

-'P-77호의 부탁 (히든)'퀘스트의 제한 시간이, '6초'만큼 늘어납니다.

"어?"

메시지를 확인한 이안의 시선이, 순간적으로 시야 구석을 향했다.

그리고 시스템 메시지에 떠오른 것처럼, 퀘스트의 제한시간이 정말 늘어나 있었다.

'이런 퀘스트는 또 처음 보는데?'

아직까지 정확한 퀘스트의 방향성을 이해하지 못한 이안은, 이번엔 같은 위치에 하급 정수를 끼워 넣어 보았다.

그러자 종전과 비슷한 메시지가 떠오른다.

-'하급 화염의 정수'를 사용하셨습니다.

-기계설비의 에너지가 충전됩니다.

-'P-77호의 부탁 (히든)'퀘스트의 제한 시간이 '42초'만큼 늘어납니다.

그리고 그런 이안의 귓전으로, 77호의 목소리가 울려 퍼졌다.

"이안, 아직 부족해. 수리가 끝날 때까지, 에너지를 충전시켜 줘!"

당황한 이안이 77호를 향해 반사적으로 물었다.

"다 하는 데 얼마나 걸리는데?"

이안의 물음에, 잠시 생각에 잠긴 77호.

이어서 들려온 77호의 대답은, 이안에게 충격을 안겨 주기에 충분한 것이었다.

"아무리 빨라도 3시간은 걸릴 것 같아!"

그렇게 77호는, 이안에게서 삥(?)을 뜯기 시작했다.

오염된 광산으로 들어오기 전.

정령마을에 있던 마법 상점에 들른 이안은 가지고 있던 모든 속성의 정수들을 팔아 버렸다.

물론 던전을 돌파하면서 얻은 정수들이 적지는 않았지만, 그것만으로 3시간을 버티기에는 턱도 없이 부족했다.

'으, 중급 정수부터는 쓰기 아까운데 어쩌지?'

최하급 정수는 6초.

하급 정수는 42초.

그렇다면 중급 정수는, 아마 294초의 시간을 벌어 줄 것이다.

개당 5분 정도의 시간을 버는 셈.

'내가 지금까지 획득한 중급 정수가 총 일곱 개 정도니까…… 이걸 다 쓰면 35분쯤 추가로 벌 수 있겠네.'

이안은 제한 시간을 한 번 확인해 보았다.

하급과 최하급을 탈탈 털어 넣어 번 시간이 30분 정도였으니, 이걸 다 털어 넣어도 3시간을 채우기에는 한참 부족하다.

3시간은커녕, 1시간이 겨우 넘는 수준.

그렇다면 이 퀘스트는, 이대로 실패해야만 하는 퀘스트였을까?

다행히 77호는, 무리한 부탁(?)을 할지언정 불가능한 부탁을 하는 친구는 아니었다.

"77호!"

"응?"

"이제 속성의 정수 다 써 가는데, 어떡하지?"

중급 정수까지 쓰기는 뭔가 아까웠던 이안이 77호에게 물었고, 그 말을 들은 77호는 잠시 생각에 잠겼다.

뭔가 방법이 있는 듯한 표정.

그리고 잠시 후, 77호는 대답 대신 후다닥 통제실 안으로 들어갔다.

'뭐 하는 거지?'

그리고 몇 초가 채 지나기도 전.

다시 바깥으로 나온 77호는, 이안에게 뭔가를 건네었다.

띠링-!

-'P-77호'로부터 '정령의 곡괭이' 아이템을 획득하였습니다.

"……?"

메시지가 떠오르자마자, 77호의 말이 이어졌다.

"이안, 저 안쪽에 작은 동굴 보이지?"

"응?"

"얼른 들어가서 채굴해 와."

"채굴?"

"그래. 저 안쪽에 들어가면, 속성의 정수들을 채굴할 수 있을 거야."

그리고 77호에게 등이 떠밀리다시피 한 이안은, 얼떨결에 광산 안으로 들어섰다.

뭔가 불만스런 표정을 한 채로 말이다.

'짜식이, 날 부려먹는단 말이지?'

하지만 그것도 잠시였다.

띠링-!

-정령광산 A-12구역에 입장하였습니다.

-정령광산에 최초로 입장하셨습니다.

-지금부터 12시간 동안, 채굴 성공률이 15퍼센트만큼 증가합니다.

-지금부터 12시간 동안, 높은 등급의 광물을 획득할 확률이 증가합니다.

-명성이 10만 만큼 증가합니다.

－인스턴트 맵입니다.

－'P-77호의 부탁 (히든)' 퀘스트를 진행하는 동안만 입장이 가능한 지역입니다.

최초 발견 보상과 버프를 확인한 이안의 양쪽 입꼬리는 어느새 귀에 걸려 있었다.

잠깐 동안 77호에게 품었던 약간의 불만은, 어느새 머릿속에서 지워진 이안이었다.

"으, 체스크. 결국 아무 방법도 못 찾은 거야?"

"그렇다니까. 당장 할 수 있는 콘텐츠는 여기가 끝인가 봐."

"아니 무슨 중간계라고 거창하게 만들어 놓고는, 콘텐츠가 여기까지밖에 없어?"

이안이 한바탕 콘텐츠를 휩쓸어 간 뒤, 뒤늦게 정령마을에 도착한 랄프 일행은 허탈감에 가득 찼다.

여러 번의 트라이로 겨우 공략법을 찾아낸 심연의 계곡 퀘스트는 이미 누군가 낚아채 갔으며, 우여곡절 끝에 도착한 계곡 너머의 성소에서는 다음 맵으로 진행 자체가 불가능했으니 말이다.

그렇다고 얻을 수 있는 퀘스트가 뭔가 있었냐면 그런 것도 아니었다.

'내가 이러려고 명계 원정 포기하고 여기 온 게 아닌데 말이지.'

랄프는 이를 바득바득 갈았다.

물론 명계에 갔어도, 딱히 대단한 콘텐츠가 있는 것은 아니다.

어차피 그쪽도, 아케론강에 막혀 더 이상 진전이 안 되고 있었으니 말이다.

다만 명계에 갔더라면, 길드의 지원을 빵빵하게 받으며 초월레벨을 훨씬 많이 올릴 수 있었으리라.

길드 파티만큼 사냥 효율이 좋은 파티는 어디에도 없다.

'적어도 초월 6레벨은 찍었을 텐데…….'

기분이 나빠진 랄프는 한숨을 푹푹 쉬었다.

자신이 꼬여서 정령계로 데려온 다른 파티원에게도 면목이 없는 상황이었다.

머리가 복잡해진 랄프가 체스크를 향해 다시 입을 열었다.

"그나저나 체스크."

"응?"

"이니스코 이 녀석은 대체 왜 안 오는 거야?"

"그러게. 시간이 좀 걸리네. 혹시 뭔가 콘텐츠라도 발견한 건 아닐까?"

체스크의 말에, 랄프의 표정이 살짝 구겨졌다.

"흠……. 설마 뭘 발견해서 혼자 하고 있는 건 아니겠지?"

"에이, 설마 그럴 리가……."

순간 불안한 표정으로 서로를 마주보는 랄프와 체스크.

그러나 잠시 후, 두 사람의 불안한 표정은 금방 풀릴 수 있었다.

그들이 찾던 이니스코가 멀리서 나타났기 때문이었다.

랄프는 마른침을 한차례 꿀꺽 삼켰다.

퀘스트를 찾아 돌아다니던 파티원 중 가장 늦게 돌아온 인물이 이니스코였으니.

그마저 아무런 소득 없이 돌아왔다면, 정말 빈손으로 돌아가게 생긴 것이니 말이다.

이니스코가 가까워지자, 랄프가 긴장한 목소리로 입을 열었다.

"이니스코, 뭔가 좀 발견한 게 있어?"

그리고 랄프의 말이 떨어진 순간, 모두의 시선이 이니스코의 입을 향해 모아졌다.

이어서 이니스코의 입꼬리가 씨익 말려 올라갔다.

"뭐야, 이거 나 말고는 아무도 소득이 없는 거야?"

"……!"

랄프와 체스크를 비롯한 파티원의 두 눈이 커다랗게 확대되었다.

이니스코의 말로 미루어 보아, 그가 뭔가를 발견했음을 알 수 있었으니 말이다.

"뜸 들이지 말고 빨리 말해 봐, 이니스코. 뭔가를 발견한 거야? 그런 거지?"

이니스코는 고개를 끄덕이며 대답했다.

"형들, 우리가 너무 바보 같았어."

"……?"

"그게 무슨 말이야?"

"퀘스트는 항상 마을 안에서 시작되는 거였는데 말이지."

"……?"

이니스코의 밑도 끝도 없는 말에, 랄프는 의아한 표정이 되었다.

정령 마을 안에 있는 NPC들에겐 진즉에 전부 말을 걸어 보았기 때문이었다.

"아 답답하네. 얼른 얘기해 봐."

체스크의 재촉에, 이니스코는 웃으며 다시 말을 이었다.

"다들 이 마을 안에 있는 '정령의 도장'이라는 곳 기억나 지?"

이니스코의 말에 일부는 고개를 갸웃했고, 몇몇은 곧바로 고개를 끄덕였다.

"알지. 그 마을 입구 쪽에 있던 허름한 건물 말하는 거 아 냐?"

"맞아."

파티원들을 한차례 둘러본 이니스코가 다시 말을 이었다.

"그럼 혹시, 그 안에 들어가 본 사람 있어?"

"······?"

대부분의 파티원들이 고개를 젓거나 의아한 표정을 지었고, 체스크만이 고개를 저으며 입을 열었다.

"거기 들어갈 수 없게 되어 있던데······. 설마 거길 들어간 거야?"

"들어갈 수 없긴 왜 들어갈 수 없어."

"음?"

"500아스테르를 지불하면 입장이 가능하더만."

이니스코의 말에, 이번에는 랄프가 반문했다.

"아스테르? 그게 뭔데?"

"이 정령계에서 통용되는 화폐인 것 같아."

"너는 그걸 어떻게 구했는데?"

"어떻게 구하긴."

잠시 말을 끊은 이니스코가 품 속에서 작은 정수 하나를 꺼내었다.

그리고 다시 말을 이었다.

"다들 인벤토리에 이거 쌓여 있을 거 아냐. 마법 상점 가서 이걸 팔아서 아스테르를 구할 수 있던데?"

"오!"

사실 상점에 뭔가를 팔아서 화폐를 얻는다는 생각은, 누구나 쉽게 떠올릴 수 있는 것이었다.

다만 이것을 파티에서 이니스코만이 시도했던 이유는 그가 파티의 유일한 '소환술사'이기 때문이었다.

　정령마을에 있는 상점들에는 정령술과 관련된 아이템만을 판매하였고, 때문에 다른 클래스의 유저들은 여기서 뭔가를 사 볼 생각 자체를 안 한 것이다.

　반면에 이니스코는 이안과 마찬가지로 정령과 관련된 스킬북을 구매하려 했고, 그 과정에서 아스테르를 획득할 방법을 자연스레 떠올렸던 것뿐이었다.

　어쨌든 파티원들의 기대 속에서, 이니스코의 말이 다시 이어졌다.

　"어쨌든 난 500아스테르를 내고 그 안에 들어갔어. 그리고 첫 번째 스테이지를 클리어하고, 바로 이곳으로 돌아왔지."

　"첫 번째 스테이지?"

　"응. 첫 번째 스테이지를 클리어하고, 이런 것도 얻었다고."

　이니스코는 자랑스레 파티 창에 아이템 정보를 공유했다.

　－최하급 강화석(초월) : 잡화 아이템

　아이템의 정보 창을 확인한 파티원은 무척이나 놀란 표정이 되었다.

　"……!"

써 보지 않아 정확한 성능은 알 수 없었지만, 완전히 처음 보는 아이템이기 때문이었다.

그리고 놀란 파티원들을 향해 이니스코가 우쭐거리며 입을 열었다.

"여긴 500아스테르 지불하고 티켓 한 번 끊으면, 실패하거나 포기할 때까지 계속 다음 스테이지로 이동할 수 있는 구조야."

"오, 그거 재밌는데?"

"이 몸은 형들과 콘텐츠를 함께하기 위해, 딱 1스테이지까지만 클리어하고 바깥으로 나왔지만 말이지."

체스크가 이니스코의 머리를 헝클어뜨리며 기쁨의 탄성을 내질렀다.

"크으, 역시! 우리 동생님밖에 없다니까!"

"헤헤, 그렇지?"

하지만 닳고 닳은 랄프는 이니스코의 생색에 속지 않았다.

"너 솔직히 말해 봐."

"뭘?"

"첫 스테이지 겨우 깬 거지?"

"으응?"

"첫 스테이지 힘들게 깨고 두 번째 스테이지부턴 어려워 보여서 돌아온 거 아니야?"

"……!"

"파티원이 필요했겠지."

"그, 그런 거 아니야!"

랄프의 날카로운 통찰력에, 이니스코의 이마를 타고 식은 땀이 삐질삐질 흘러내렸다.

깡- 깡- 깡-!

어둑한 광산 안쪽에서, 쉼 없이 울려 퍼지는 경쾌한 쇳소리.

-광물 채굴에 성공하셨습니다!

-높은 채굴 기술로 인해 광물의 등급이 유지됩니다.

-'하급 화염의 정수' 아이템을 획득합니다.

떠오르는 시스템 메시지를 확인할 때마다, 이안의 입에서는 히죽히죽 웃음이 새어 나왔다.

처음 마계의 광산에서 채굴을 시작했을 때와는, 차원이 다른 손재주와 채굴 스킬.

이 부분이야말로 이안이 노력으로 부족한 재능을 극복한 분야라고 할 수 있었다.

'크으, 좋았어! 내가 여기서 나가기 전에 기필코 이 광맥을 거덜 내고 말겠어.'

이안은 욕심이 많다.

적어도 게임 안에선, 그 누구보다도 욕심이 많은 탐욕덩어리다.

때문에 이 지랄 맞은 노가다 퀘스트에서, 최대한 뽕을 뽑아먹을 생각이었다.

'최하급 정수를 채굴하는 데 평균적으로 걸리는 시간이 10초 정도……. 하급은 20초, 중급은 한 40초니까…….'

광물을 채굴하는 와중에도, 이안의 머리는 빠르게 회전했다.

'쉬지 않고 미친 듯이 캐면, 분명히 제한시간을 유지하면서 정수를 차곡차곡 모을 수 있겠어!'

최하급 정수를 하나 사용하면, 퀘스트의 제한 시간이 6초 늘어난다.

반면에 채굴하는 데 걸리는 시간은 10초 정도이니, 오히려 4초나 되는 시간을 손해 본다.

하지만 하급 정수부터는 얘기가 다르다.

하급 정수의 경우 대충 14~15초 정도 걸려 채굴을 하면 무려 42초의 시간이 늘어난다.

그리고 가끔 채굴되는 중급 정수의 경우 채굴에 1분이 걸리지 않는데, 따지고 보면 거의 5분의 시간이 늘어나게 되는 셈이다.

그리고 아직 채굴에 성공한 적도 없고 채굴이 가능한지도 미지수이지만, 상급 이상의 정수라도 채굴하게 되면 그야말로 대박이다.

'어떻게든 최하급과 하급 정수들만으로 제한 시간 소모를 버텨 내야겠어. 적어도 최초 발견 버프가 끝날 때까진 여기서 나가지 않을 거야.'

머릿속에서 계산이 끝난 이안의 두 눈이 어둠속에서 반짝였다.

그리고 그가 곡괭이로 다시 광산의 석면을 내리찍는 순간…….

깡- 까강-!

-광물 채굴에 성공하셨습니다!

-높은 채굴 기술로 인해, 광물의 등급이 유지됩니다.

-'상급 바람의 정수' 아이템을 획득합니다.

-최초로 상급 속성의 정수를 채굴하셨습니다!

-초월 경험치가 300만큼 증가합니다.

-명성이 5만 만큼 증가합니다!

시스템 메시지를 확인한 이안의 얼굴 한가득 탐욕의 미소가 넘실거렸다.

to be continued

200평 초대형 24시 만화방

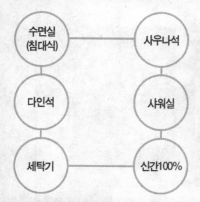

수면실
(침대식)　─　사우나석

다인석　─　샤워실

세탁기　─　신간100%

📖 수원 인계동점

● 나혜석거리　　● 농협

● CGV　　● 수원시청역 ⑧

무비 사거리

소주한잔
건물
24시 만화방 3F　　● 홍콩반점　　홈플러스

TEL : 031-226-3771
수원시 팔달구 인계동 1041-11 3층 24시 만화방

📖 의정부점

의정부역 ④
⑤　　　　흥선지하도

◀서울방향

진성약국　　던킨도넛츠

24시 만화방
3F

TEL : 031-856-3971
경기도 의정부시 의정부동 197-13 3층

📖 주안점

주안
남부역

◀제물포　　민병철
어학원　　간석동▶

●

25시 만화방 6F

TEL : 032-426-2871
인천광역시 주안남부역 지하상가 4번 출구 GS25시 건물 6층

📖 안양점

● 안양역　　육교

◀관악역　　명학역▶

● 농협

24시 만화방
2F
안양일번가

TEL : 031-466-3771
경기도 안양시 안양동 674-163 조이당구장건물 2층

지금 공략하러 갑니다

유성 게임 판타지 장편소설

회귀자의 그랜드슬램

mensol 스포츠 장편소설
ROK SPORTS FANTASY STORY

백전노장 루키가 온다?
테니스부터 축구까지, 최강 경력 17세!

가문 대대로 내려오는 윤회의 저주
반복과 무료의 끝에서 찾은 전대미문의 목표!

"지윤 선수, 어느 종목의 그랜드슬램 말씀인가요?"
"거기 있는 종목, 전부 다요."

지윤의 무기는 오로지 윤회! 시간! 경험!
저 선수요? 초면이지만 262번 붙어 봤습니다

지피지기면 백전백승!
어마어마한 짬으로 스포츠계를 접수한다!